KB046022

나디아
에리나스

broccoli lion
브로콜리 라이온 지음
sime 일러스트
춘상 옮김
9
성자무쌍
聖者
無双
Eccentric priest and the Training to the death
샐러리맨이 이세계에서 살아남기 위해 걷는 길

10장 공중 도시 국가 네르달

CONTENTS

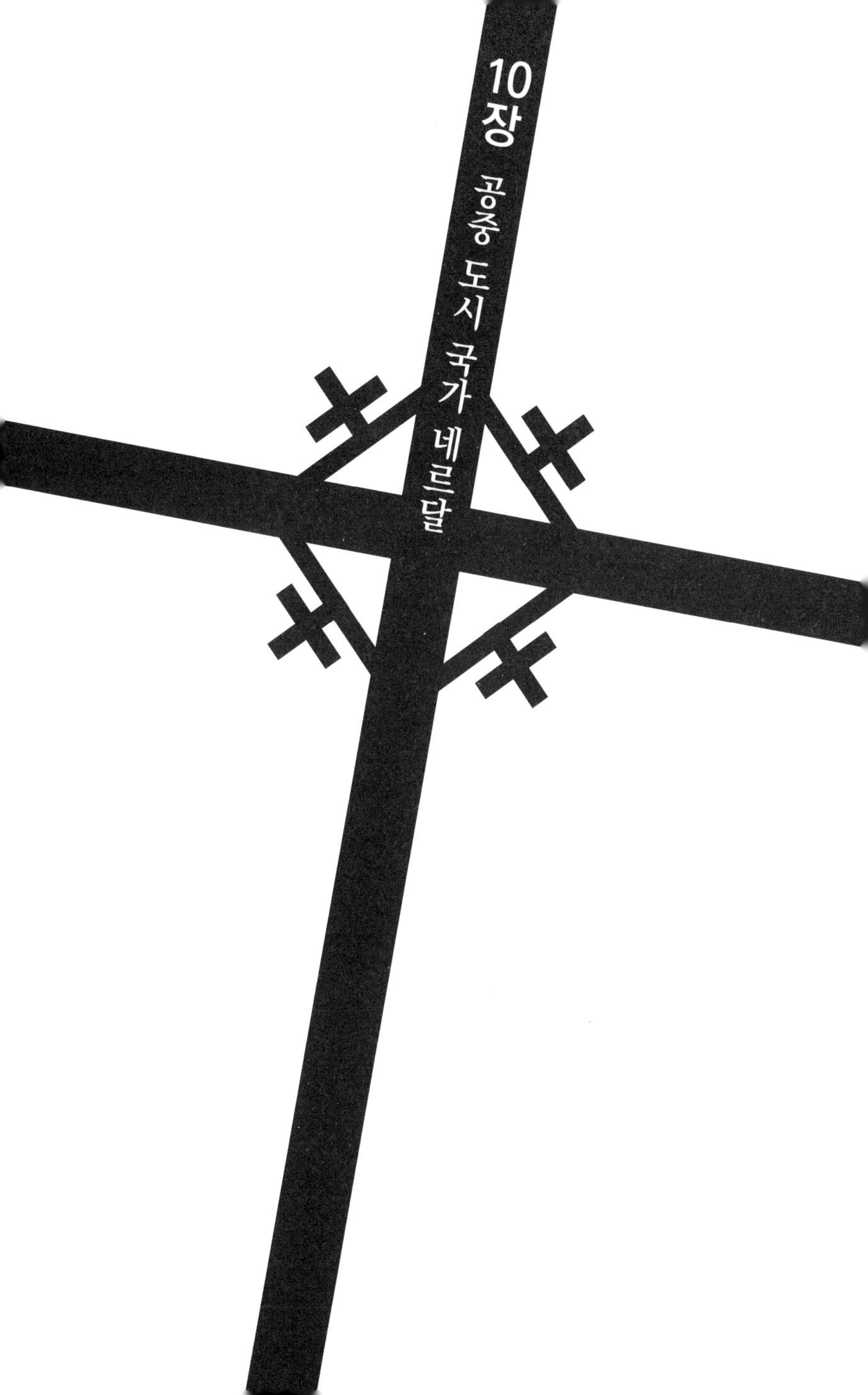
10장
공중 도시 국가 네르달

01 마법사 길드장

교황님의 도움으로 우리는 공중 도시 국가 네르달로 전송되었다. 그리고 처음 보는 어느 방의 장식을 바라보며 한동안 넋을 놓았다.

"지금 하늘에 떠 있는 그 도시에 있는 거 맞는 거죠……. 정말로 아름다워요."

리디아가 무심코 그런 말을 내뱉을 정도로 장식이 아름다웠다. 나디아도 말은 하지 않았지만, 주변을 경계하면서도 내부를 흥미롭게 쳐다보았다.

내 시야에 맨 먼저 들어온 것은 보석들이 흐드러지게 수놓아져 휘황찬란하게 빛나는 커다란 샹들리에였다. 그것이 뿜어내는 빛에 이끌린 것처럼 고개를 드니 천장에 만화경(萬華鏡)을 연상케 하는 그림이 있었다.

일단 냉정을 되찾고자 시선을 내리니 빛이 반사되어 난색(暖色)으로 빛나는, 이음새가 전혀 없는 벽이 보였다. 외부에서 들어오는 빛도 끌어들이기 위해 상부에 창문들이 여러 개 나 있어서인지 방 전체가 빛나고 있는 것처럼 느껴졌다. 그리고 실내에는 세련된 가구들이 균형감 있게 배치되어 있었다. 이걸 보고 조화롭다고 하는 거겠지. 언제까지고 감상만 할 수는 없으므로 '입구'라고 적힌 판이 걸려 있는 문을 열어봤다.

그러자 모양새에 공을 들인 복도가 일직선으로 쭉 뻗어 있었다.

지금 있는 이 휘황찬란한 방과는 달리 왠지 압도될 것 같은 묘한 감각이 느껴졌다. 자연스레 몸이 바짝 굳어버렸다.

나는 가볍게 숨을 내뱉고서 복도로 발을 내디뎠다. 바닥에 깔린 융단이 생각보다 두꺼워서 발소리를 완전히 흡수했다.

전생(前生)에서도 소음(消音) 카펫 위를 걸은 적이 있지만, 이렇게나 고급스러운 융단 위를 걸어본 적은 없어서 조금 긴장했다.

혹시나 어떤 노림수가 있는 게 아닐까? ……그런 생각을 하면서 나아가고 있으니 복도 벽에 달린 조명 마도구가 부자연스럽게 설치되어 있음을 깨달았다.

아마도 발치를 비추기 위해서가 아니라 벽에 그려져 있는 그림을 강조하기 위해서 설치된 듯했다.

벽에는 추상화로 보이는 그림들만이 그려져 있었다. 아쉽지만 하나같이 무엇을 표현하는지 나는 알 수가 없었다.

내가 알아낸 것이라고는 이 복도에서 풍기는 묘한 압박감의 정체 정도였다.

이 압박감은 나아갈수록 천장이 서서히 낮아지기에 느껴지는 것이었다.

문득 뒤를 돌아보니 그 압박감이 사그라졌다.

아마도 발이 푹 꺼질 정도로 두꺼운 융단 역시 이 장치의 일부겠지.

뭐, 왜 이런 장치를 해놓았는지는 모르겠지만, 수수께끼가 하나 풀린 덕분에 벽화를 느긋하게 감상하며 나아갈 여유가 생겼다.

두 사람과 추상화에 관해 대화를 나누면서 나아갔다. 한 백 미터쯤 나아가니 존재감이 느껴지는 중후한 문이 우리의 앞길을 막았다.

이 문을 열면 되는 건가? 아니면 누군가를 호출하는 마도구가 따로 있는 건가? 그런 고민을 하면서 접근하니 문이 육중한 소리를 내며 자동으로 열렸다.

그 광경에 나디아와 리디아가 감탄하며 목소리를 높였다. 나는 역시나 레인스타 경답다며 무심코 웃음을 흘렸다.

문을 지나니 오른쪽에서 새어드는 자연광이 느껴졌다.

시선을 돌리니 그쪽에는 벽이 아니라 투명한 유리가 뒤덮여 있었다. 그 너머에는 구름 한 점 없는 창공이 펼쳐져 있었다.

"개방감이 굉장하네. 복도에서도 압도되긴 했지만, 이 풍경도 각별해."

"이 풍경을 본 것만으로도 동행한 보람이 있습니다."

"예, 언니의 말이 맞아요. 하지만 전 네르달이 어떻게 하늘 높이 계속 부유할 수 있는지 그 수수께끼를 풀고 싶습니다."

나디아와 리디아를 동행케 한 것은 순전히 내 독단이었다. 그래서 두 사람의 말을 듣고서 조금이나마 마음이 편해졌다.

"네르달을 상공에 띄운 사람은 레인스타 경이니까, 관계자나 마술사 길드장이 원리를 알고 있을지도 몰라."

"가능하다면 말씀을 듣고 싶습니다."

"그건 그들의 사정에 달려 있겠지. 치유사로 되돌아갈 방법을 찾으려면 시간이 걸릴 테니, 그사이에 물어보면 되겠네."

"루시엘 님이 어려움을 겪고 계시는 때에…… 죄송합니다."

리디아와 함께 나디아가 고개를 숙였다. 그러나 전혀 개의치 않으므로 되레 거북하다.

"괘념치 마. 도움이 필요할 때 말고는 자유롭게 있는 편이 오히려 마음이 편하거든."

내가 그렇게 말하며 앞에 보이는 문으로 다가가니 그 문 역시 자동으로 열렸다.

문 너머에는 다양한 꽃들이 흐드러지게 피어 있는 정원이 펼쳐져 있었다.

"여기도 굉장하네. 이렇게 잘 가꾼 정원은 처음 봐."

"정말 굉장하네요. 이만한 정원을 아름답게 유지하고 있다니, 대체 얼마나 많은 정원사가 일하는 걸까요."

"언니, 엘프족 분들이 계실지도 몰라요."

리디아가 기뻐하며 목소리를 높이자 나디아가 그 천진난만한 모습에 미소를 지었다.

리디아는 정령사답게 엘프에게 관심이 있는 모양이다.

네르달에서 힘을 되찾거든 오랜만에 이에니스에 가보는 것도 괜찮을지도.

"자, 이제 어디로 가야 하나……. 저 커다란 건물로 가면 되나?"

정원이 너무나도 멋들어져서 무심코 주시하고 말았다. 앞쪽에는 먼발치에서도 존재감이 느껴지는 거대한 건물이 있었다.

"분명 저곳이 마술사 길드일 거야. 저기서 강한 마력이 느껴져. 우선 저 건물에 가보자."

"""예."""

정원에 이정표가 있어서 헤매지 않고 나아갈 수가 있었다. 더욱이 경치가 계속 바뀌어서 질릴 틈이 없었다. 아주 즐겁다.

방문객을 즐겁게 해주려는 네르달의 정성에 감동하면서 걸음을 재촉했다.

할 일들을 마무리 짓거든 이에니스에서 손님들을 어떻게 접대할지 궁리해보는 것도 재밌겠네.

정원이 넓은 탓에 이정표가 없으면 금방 길을 잃을 것 같았다. 혹시나 긴급한 상황이 벌어진다면 정말로 미로로 돌변할지도 모르겠다.

그런 상상을 하면서 나아가니 어느새 목적지인 건물에 도착했다.

모험가 길드나 치유사 길드 건물과는 달리, 마치 요새 같은 인상을 풍겼다. 이곳에도 자동문이 설치되어 있었다. 안으로 들어가니 네르달로 전송되었을 때 처음 봤던 방과 비슷한 휘황찬란한 공간이 펼쳐졌다.

정면에는 작은 접수처가 있고, 그 좌우로 길이 나 있었다. 왼쪽은 아래로 내려가는 계단으로, 오른쪽은 위로 올라가는 계단이 이어졌다.

접수처 안쪽에 보이는 방도 내 시선을 끌었다. 서고인 것 같은데, 책이 꽂힌 책장들이 저 안쪽까지 쭉 이어졌다.

책이 저렇게 많으니 내 힘을 되찾을 방법이 적힌 책을 찾을 수 있을지도 모르겠다.

"재밌네……. 접수처로 가보자."

""예.""

두 사람과 함께 접수처로 다가가니 안쪽 서고에서 안경을 낀 서른 살 전후로 보이는 인족 여성이 나와서 우리가 먼저 말을 걸어 보기로 했다.

"성 슈를 공화국에서 온 치유사 루시엘입니다. 이 둘은 제 수행원입니다. 교황님께서 마술사 길드장께 보내는 편지를 갖고 왔는데 길드장님께 안내해주실 수 있겠습니까?"

"알겠습니다. 잠시만 기다려주십시오."

서고에서 나온 여성이 그렇게 말하고서 마통옥으로 연락을 취하기 시작했다.

그나저나 연락을 취하는 방식이 성 슈를 교회 본부와 다를 게 없는 듯했다. 무료함을 달래기 위해서 여성이 연락하는 동안에 마술사 길드 내부를 둘러보았다.

곳곳마다 안내판이 달려 있었다.

조감도가 저렇게나 많으니 미아가 될 일을 없을 테지만, 휴대용 지도가 있으면 좋겠는데.

그때 여성이 날 불렀다.

"오래 기다리셨습니다. 곧 안내인이 올 겁니다."

"그래요? 감사합니다. 그나저나 질문이 있는데 괜찮을까요?"

"예, 대답할 수 있는 범위 안이라면."

"감사합니다. 이 마술사 길드의 조감도나 네르달 전체를 파악할 수 있는 안내도 같은 건 없습니까?"

"예. 다만 유료인지라……."

뭐, 이만한 시설을 유지하려면 유지비가 상당할 테니까 어쩔 수 없지. 이 시설 자체는 무상으로 이용할 수 있고. 즉, 시설이 달리 비용을 확보할 방안이 있다는 뜻이다. 예를 들어 돈을 내면 서비스 질이 더 올라간다거나 시설 이용 제한이 완화된다거나……. 설마 체면을 중요하게 여기는 국가들의 경쟁 심리를 부추겨 돈을 내게 하는 운영 방식을 취했다거나? 혹은 돈을 낸 사람만 이용할 수 있는 특별 제도 같은 게 있을지도 모르겠군.

뭐, 그냥 물어보는 편이 더 빠르겠다.

"예, 상관없습니다. 얼마죠?"

"네르달 전체를 담은 서적은 금화 10닢, 마술사 길드 안내도는 금화 5닢입니다."

일본 엔으로 환산하면…… 1,500만? 와, 살 수는 있지만, 엄청나게 비싸네.

안내도가 이 정도이면 물가도 꽤 높을 것 같다. 이것저것 담아올 수 있는 마법 주머니가 있어서 참 다행이다.

"그럼 둘 다 부탁합니다."

내가 금화 15닢을 선뜻 주려고 하자 접수처 여성이 놀라워했다.

뭐, 이 값비싼 지도를 살 사람이 그리 많지는 않겠지.

그나저나, 지상의 금화로 값을 치를 수 있는 것으로 보아 네르달도 외부와 거래가 있는 모양이군.

리디아만큼은 아니지만, 하늘에 떠 있다는 것 말고도 신기한 것들과 모르는 것들이 많을 듯해서 조금 두근거리네.

혹시 서적과 안내도를 둘 다 사면 특전 같은 게 있지 않을까? 너무 뻔뻔한 생각이려나?

"……괜찮겠습니까?"

"예. 얼마나 머물게 될지는 모르겠지만 상황에 따라서는 장기 체류할 가능성도 있어서요. 지도가 없으면 조금 불안한지라……."

각국에서 파견한 천재나 기재(奇才), 어쩌면 권력자도 있을지 모른다. 이런 도시에서 길을 헤매다가 타국의 관계자와 충돌하는 건 피하고 싶으니까.

접수처 여성이 조심스럽게 묻자 나는 웃으며 대답했다. 그러자 왠지 안심한 듯한 얼굴로 하드커버 책과 얇은 책자를 건네줬다.

지도라고 하기에 펼쳐보는 양식이나 팸플릿 같은 걸 상상했는데, B5 크기의 서적을 내밀어서 역시나 놀랐다. 뭐, 얇은 책자 쪽은 역시나 팸플릿 양식이었지만…….

"이건 네르달 전체를 알 수 있도록 구성되어 있고, 이건 마술사 길드 안내도 겸 마도서고(魔導書庫)의 프리패스입니다."

책장을 훌훌 넘기며 훑어보니 군데군데 공백이 눈에 띄긴 했지만, 각 시설의 올바른 이용법과 그 시설이 세워진 이유 등이 상세히 기재되어 있는 듯했다.

케핀이 이런 걸 좋아할 것 같으니 돌아가서 선물로 주면 분명 기뻐하겠지.

"……마도서고의 프리패스요?"

"예. 길드 안내도를 구매하시는 분이 많지 않고, 가격이 높은데 안내도 기능만 있는 건 재미가 없다는 발상에서 특전을 마련했습니다."

"그게 마도서고 프리패스?"

"예. 마도서고 입장권은 내부에서 판매하고 있습니다만, 하루 이용료가 금화 5닢이라서 오래 체류하실 계획이라면 안내도를 구매하시는 편이 유리합니다."

"그런가요? 그걸 고안한 사람이 누군지 물어도 되겠습니까?"

"이 네르달의 건국자와 당시 마술사 길드장입니다."

레인스타 경은 이 네르달을 관광지가 아닌, 정말로 지식을 원하는 자들을 위한 곳으로 만들고 싶었는지도 모르겠다.

그때, 왼쪽 계단에서 누군가가 뛰어오는 소리가 들렸다. 무심코 계단에서 올라온 사람을 본 나는 흠칫했다. 놀랍게도 접수원과 얼굴이 완전히 똑같은 사람이었다.

뭐지? 쌍둥이인가?

"오래 기다리셨습니다. 길드장님, 손님이 오셨다고요? 아니, 왜 제 모습으로 변하신 거예요!!"

여성이 접수처 여성의 얼굴을 보더니 버럭 화를 냈다.

"후오후오후오. 성도 교황님의 부탁인지라. 자, 제군들, 내가 바로 마술사 길드장인 올포드일세. 여기서는 긴히 얘기를 나눌 수가 없으니 방으로 안내하지."

올포드라고 밝힌 여성이 우리에게 그렇게 권하자 계단을 올라온 여성이 몸을 부들부들 떨며 목소리를 높였다.

"제 모습으로 그런 말투 쓰지 마세요!"

"하는 수 없구먼, 해제!"

그러자 하얀 연기가 올포드 씨의 몸을 감싸더니 칙칙한 청색 로브를 걸친, 긴 백발에 하얀 수염이 덥수룩한 호호 영감님이 나타났다.

나는 아연실색했다. 외견을 바꾸는 마법은 예전부터 내가 간절히 원하던 것이었다.

난 도무지 물어보지 않고는 배길 수 없었다.

"……저기, 방금 그 마법은 무슨 속성 마법입니까?"

"수속성과 화속성을 조합한 혼합 마법이라네. 자, 가볼까."

길드장이 별것 아니라는 듯이 말했다. 전설의 마술사 길드장의 힘은 허울이 아니라는 건가?

이런 실력자의 가르침을 받는다면 정말 성속성 마법을 되찾을 수 있을지도 모른다.

"이러실 거면 대체 전 왜 부르신 건가요?"

접수처 직원이 혼자서 투덜거렸다. 올포드 씨는 이를 가볍게 무시하고 앞서 계단을 올라갔다. 그의 뒤를 따라가니 휘황찬란했던 입구와 달리 세련된 인상이 풍기는 공간이 나왔다.

"여기가 내 방이니라."

올포드 씨는 방에 들어가자마자 응접용 소파를 지나 안쪽에 있는 거울대 앞에 서더니…… 망설이지 않고 거울 속으로 들어갔다.

"엇, 사라졌다!"

""사라졌네요?""

우리가 당황해하고 있으니 거울 속에서 올포드 씨가 장난꾸러기처럼 얼굴만 쏙 내밀었다.

"후오후오후오, 놀랐나? 이건 마법의 거울일세. 마력을 인증하여 허가받은 자만 드나들 수가 있는 특별한 거울이지."

"……혹시 허가해주는 걸 깜빡해서 되돌아온 건가요?"

"……후오후오후오. 세세하게 따지지 말고 얼른 따라오게나."

올포드 씨가 그 말을 남기고서 다시 거울 속으로 사라졌다.

아마도 올포드 씨는 아주 익살스러운 성격의 소유자인 듯하다. 어쩌면 우리의 긴장감을 풀어주려는 목적일지도 모른다.

"진짜 잊으신 모양인데."

"고령이시니 종종 깜빡할 수도 있죠."

"짓궂긴 하시지만 악의는 없으신 것 같아요."

올포드 씨의 행동 덕분에 두 사람도 긴장을 푼 듯했다.

다만 나는 이 네르달에 온 뒤로 자꾸 무언가를 시험받고 있는 것 같다는 느낌이 들었다.

일단 평정심을 유지하고자 한 번 크게 심호흡했다.

그리고 마음을 가라앉힌 뒤 거울 속으로 향했다.

"……가자."

나는 일단 거울 속으로 손을 먼저 뻗어봤다. 아무런 느낌도 없이 손이 안으로 들어갔다.

그대로 천천히 거울 속으로 나아가니, 거울이 있던 방과 풍경이 좌우 반전된 곳이 나왔다.

"이게 대체?"

"늦었구만. 이곳이 진짜 내 방일세. 거울 너머는 가짜이지. 종종 무단으로 들어오는 버릇없는 놈들이 있어서 설치했네. 자, 이쪽 자리에 편히 앉도록 하게나."

두 사람도 곧바로 따라 들어왔다. 올포드 씨가 역시나 소파에 앉으라고 권했다.

"감사합니다."

나디아와 리디아가 내 뒤에 서려고 하자 함께 앉도록 했다.

"다시금 인사드리겠습니다. 치유사 길드에서 S급 치유사로 활동하고 있는 루시엘이라고 합니다. 귀한 시간을 내주셔서 감사합니다."

"흐음, 딱딱하구먼~. 조금 더 릴랙스하고서 프랭크하게 대해도 상관없다네."

올포드 씨의 말에 나도 모르는 사이에 초조해하고 있었다는 걸 깨달았다.

호호 영감님 같은 표정 속에서 번뜩이고 있는 그 눈으로 모든 것을 꿰뚫어 보는 듯했다.

"……배려 감사합니다. 조금 더 익숙해지면 그리하겠습니다. 그리고 이건 교황님께서 쓰신 편지입니다."

"흐음, 받도록 하지. 다만 그전에 홍차 어떤가?"

"예, 감사히 마시겠습니다."

"후오후오후오. 잠시만 기다리게."

웃음이 그칠 새가 없는 올포드 씨가 일어서서 간이 부엌에서 홍차를 끓이기 시작했다.

그 순간을 노렸다는 듯이 리디아가 말을 했다.

"……저 모든 것을 꿰뚫어 보는 듯한 눈은 감정(鑑定) 스킬일지도 모르겠네요."

"저도 그렇게 생각해요."

나디아가 동의했지만 나는 부정했다.

"올포드 씨가 감정 스킬 소유자라면 세 번째 스킬 보유자가 되겠지. 근데 내가 보기에는 그런 게 아니라…… 사람의 본질을 들여다보는 듯한 시선이었던 것 같아."

레인스타 경이나 블러드가 나에게 감정 스킬을 사용했을 때는 내내 들여다보는 듯한 감각이 느껴졌었다. 그러나 올포드 씨에게서는 그런 인상이 풍기지 않았다.

"본질이요?"

"내가 어떤 인간인지 관찰하는 거지."

어딘가에서 비슷한 느낌을 받은 적이 있었던 듯하다. 언제였는지는 잘 떠오르지 않지만.

"뭐, 내가 치유사의 능력을 잃어서 그렇게 느꼈는지도 몰라. 그 이후로 나도 여러모로 생각이 바뀌었고."

"루시엘 님……."

"지금 내가 초조해하고 있음을 깨달은 것만으로도 큰 수확이야. 난 올포드 씨에 비하면 아직 병아리나 마찬가지지. 그만큼 성장 잠재력이 있다는 거고……."

리디아가 걱정하는 눈치여서 자학적으로 얼버무려봤지만 잘 먹히지 않았다.

내 의도를 알았는지 나디아가 입을 열었다.

"올포드 공이 루시엘 님의 뭘 보고서 판단했을지 궁금하네요."

"그러게. 뭐, 당장 내가 할 수 있는 건 없으니까, 되는대로 흘러가겠지."

"근데 그런 생각이 들었다는 건 루시엘 님의 마음이 진정되었다는 방증이겠네요."

"그럴지도."

두 사람과 대화를 나누며 마음을 진정시키고 있으니 올포드 씨가 홍차를 들고 왔다.

"오래 기다렸는가?"

"아뇨, 덕분에 마음이 차분해졌습니다."

"흐음. 그럼 나는 편지를 읽을 테니 그동안 홍차를 들게나."

"예."

교황님의 편지를 건네고 모처럼 홍차를 즐겼다. 한 모금 마시자 화사한 향기가 코에서 화악 빠져나왔다. 전혀 떫지 않고 그윽했다. 대단히 맛있다.

리디아, 나디아도 작게 감탄을 흘렸다.

흠, 맛은 있는데, 단맛이 부족한 게 조금 아쉽군. 아마 지쳐서 단 걸 찾는 거겠지.

나는 진지하게 편지를 읽고 있는 올포드 씨의 정신이 산만해지지 않도록, 조용히 벌꿀 병을 꺼내 홍차에 넣었다.

나디아와 리디아도 원하는 눈치였기에 두 사람의 홍차에도 조금씩 넣어줬다.

두 사람이 찻잔에 입을 대고서 행복한 표정을 지었다. 마음에 든 모양이다.

벌꿀 병을 마법 주머니에 넣으려는 순간, 올포드 씨와 눈이 마주쳤다.

"그건 설마…… 하치족의 벌꿀인가?"

무슨 영문인지 올포드 씨의 목소리가 떨렸다. 혹시 멋대로 홍차에 섞어서 화가 났나?

"예, 혹시 문제가 있습니까?"

나는 벌꿀이 담긴 작은 병을 병째로 넘겼다.

그러자 올포드 씨는 병을 확인 이리저리 둘러보더니 벌꿀 향을 한껏 들이마셨다.

"틀림없구먼. 이건 하치족의 꿀……! 이걸 어디서?"

"벌꿀 공장입니다. 제가 하치족과 친분이 있는지라……. 그보다 교황님께서 쓰신 편지에는……."

"음, 자네가 금술(禁術)을 사용한 바람에 직업과 성속성 마법을 상실했다고 적혀있네. 다만 속성 적성까지 잃지는 않았으니 회복할 수단이 있다면 도와주길 바란다고 하시는군. 그 밖에도 이것저것 적혀 있네만……."

"그렇습니까. 그럼 다시 한번 부탁드립니다. 올포드 님의 힘을 빌려주십시오."

"내 조건이 있네."

"불가능한 게 아니라면 전부 받아들이겠습니다."

"……벌꿀이 대량으로 필요하네. 이것만 해결해준다면 자네를 도와주겠다고 약속함세."

"그런 일이라면 어렵지 않습니다. 다시 성속성 마법을 쓸 수 있게 된다면 벌꿀주도 함께 드리지요."

"뭐, 뭐라?! 그렇다면 이러고 있을 때가 아니구먼! 어서 마도서고로 가세. 당장 성속성 마법을 되찾을 수 있는 방법을 찾음세!"

"……예? 아, 감사합니다."

먹을 것에 혹하다니, 마법사 길드는 괜찮은 건가?

조금 불안하지만, 어쨌든 강력한 조력자를 얻었다.

02 경악

올포드 씨가 바로 자리에서 일어섰다. 우리는 놓칠세라 그 뒤를 따랐다.

나는 다시금 거울을 지나 마도서고로 이동할 줄 알았는데, 그가 향한 곳은 거울 반대쪽 벽에 걸려 있는 커다란 태피스트리 앞이었다.

태피스트리에는 가짜 마법진이 그려져 있었다.

"이것도 설마 특수한 장치입니까?"

"후오후오후오. 이 마법진으로 날아가자꾸나."

올포드 씨가 태피스트리를 떼어내자 작은 문이 보였다. 그 문을 지나니 2평쯤 되는 작은 방이 나왔다. 그리고 작은 방 가운데 바닥에는 마술사 길드를 상징하는 듯한 마법진이 그려진 천이 깔려 있었다. 올포드 씨가 그 천을 걷어내자 그 아래에는 역시나 마법진이 그려져 있었다.

작은 비밀방에 보이는 마법진은 위장이고, 그 아래에 진짜 전이 마법진을 깔아놓다니. 이상한 거에 공을 들였네. 마치 닌자 저택 같다. 어쩐지 레인스타 경의 그림자가 느껴졌다.

올포드 씨가 즐거워하는 얼굴로 마법진 위에 섰다.

우리도 뒤이어 마법진 안으로 들어갔다.

"이쪽은 인원수 제한이 없습니까?"

"제한이 있긴 하네만, 단거리이니 10명 정도는 가뿐히 날아갈 수 있네."

나는 그 대답에 안도하고서 마법진이 발동되기를 기다렸다.

이내 마법진이 발광했다. 정신을 차리니 어느새 전혀 다른 곳에 서 있었다.

마도서고에는 원기둥 형태의 벽을 따라 책장들이 쭉 늘어서 있었다. 지금껏 봐왔던 각 도시의 도서관과는 비교조차 되지 않을 정도로 장서들이 많았다.

접수처 뒤에 있던 서고가 마도서고인 줄 알았는데 착각이었던 듯하다. 압도적인 규모에 놀라서 말조차 나오지 않았다.

"자, 여기가 마도서고일세. 열람이 제한된 서적은 내가 찾아보고 오지. 우선 그대들은 흥미가 있는 책이 있거든 그걸 읽도록 하게. 참, 이곳은 아무나 들어올 수 없는 곳이니, 누가 묻거든 내 이름을 대게."

올포드 씨가 우리에게 그렇게 말하긴 했지만, 사서(司書)나 다른 이용자의 인기척은 느껴지지 않았다. 지금은 아무도 없는 듯했다. 마술사 길드이니 골렘 같은 게 관리하고 있을 줄 알았는데.

혹시나 기척이나 마력을 은폐하는 방법이 있을지도 모르겠지만, 있다면 찾아보는 것도 재밌겠군.

"알겠습니다. 그럼 질문이 있는데, 이곳을 도서관이 아니라 마도서고라 부르는 이유가 있습니까?"

분명 장관이라 느낄 정도로 장서들이 엄청나긴 하지만, 그런 이유만으로 마도서고라 하기에는 조금 걸맞지 않은 듯했다.

그래서 올포드 씨에게 솔직하게 물어봤다. 그런데 그는 그저 웃으면서 안쪽 방으로 가버렸다.

그 웃음이 무엇을 의미하는지는 알 수 없었다.

나는 단념하고 장서 앞에서 안절부절못하는 자매에게 자유시간을 주었다.

"올포드 씨가 허락했으니 두 사람도 보고 싶은 책이 있으면 자유롭게 봐. 앞으로 자주 오게 될 것 같지만, 그때도 시간이 있을지는 모르는 일이니까."

"예. 감사합니다."

"책이 너무 많아서 뭐부터 읽을지 고민되네요."

두 사람은 즐거운 표정으로 책을 찾으러 갔다.

난 두 사람을 흐뭇하게 바라보면서 근처에 있는 의자에 앉아 한숨을 돌렸다.

올포드 씨가 웃기만 하고 사라진 게 왠지 마음에 걸렸다. 혹시 이 마도서고에 특수한 장치나 비밀이라도 있는 걸까?

뭐, 올포드 씨에게 차차 물어보기로 하고, 우선은 아까 산 하드커버 지도와 마술사 길드 책자부터 봐야겠네. 이곳을 드나드는 열쇠 같은 물건이라고 하니.

책자를 꺼내 자세히 살펴보니 마법진이 새겨져 있었다.

이 마법진이 서고로 들어가는 열쇠인가? 그렇다면 출입자 관리도 어렵지 않으니 방범에 이점이 있군. 실제로 이 책자가 정말로 열쇠인지는 마도서고에서 나간 뒤 시험해봐야만 알 수 있을 테지만……. 이거 달리 재미난 장치들이 또 있을 듯한데.

그냥 내 예상이지만, 레인스타 경이라면 그러고도 남을 사람이다. 이거 기대감이 올라오는데.

레인스타 경이 전이 마법진을 설치하는 광경이나 그런 장치들을 보면서 호들갑을 떠는 드란과 폴라와 리시안의 모습을 상상하니 웃음이 나왔다.

성속성 마법을 되찾고 많은 걸 흡수하면 성장할 수 있을지도 모른다. 그렇게 생각하니 기대감에 가슴이 두근거렸다.

심호흡하여 감정을 가라앉힌 뒤 마술사 길드 책자를 읽어나갔다.

이내 어떤 대목에 시선이 꽂혔다.

[어째서 마술사 길드를 공중에 부유하는 공중도시국가 네르달에 설치했는가?]

네르달은 마술사 길드를 위해서 만들어진 게 아니다.

이건 레인스타 경에게서 직접 들었으니 틀림없다.

내용을 읽어보니 이렇게 적혀 있었다.

하늘을 제압하는 자가 전장을 제압한다.

……어디선가 들어본 적이 있는 것 같은 명언이 인용되어 있었다.

그 뒷이야기를 계속 읽어보니 당시 마술사 길드장이 그 말에 깊은 감명을 받고서 부디 네르달에 마술사 길드를 설치해달라고 용사에게 부탁했다고 적혀 있었다.

이 용사란 바로 레인스타 경이겠지.

용케 이런 기록이 남았군. 레인스타 경은 네르달을 은둔처나 비밀기지 같은 곳이라고 했으니 자신의 존재를 철저히 감췄을 줄 알았는데……. 서약 같은 것으로 제약을 걸어뒀던 걸까? 애당초 치유사의 나라를 건국했을 정도이니 그 사람이 다른 곳에도 나라를 세웠더라도 이상하지는 않지만…….

계속해서 읽어보니 마술사 길드를 네르달에 설치해달라는 부탁에 용사가 조건을 내걸었다는 내용이 기재되어 있었다.

그 조건이란 그 누구도 방해하지 않기를, 또한 그 누구에게도 민폐를 끼치지 않기를 바라므로 오로지 마도를 추구하는 자만이 들어올 수 있도록 허가하겠다는 것이었다.

"이거 분야는 다르지만 록포드랑 비슷하네……."

레인스타 경은 기술의 독점을 바랐나? 그럼 이름만 마술사 길드지, 실제로는 마도를 추구하는 자들이 매일 새로운 마법 기술을 연구하는 시설이다.

책자를 계속 읽어나가니 현재 연구 중인 다양한 분야들이 적혀 있었다.

크게 분류하면 '마도구', '마법', '마법 기술' 세 종류이고, 그 아래로 더 세세한 카테고리로 나뉘어 있다. 더욱이 그것들을 연구하는 모든 연구 시설이 상세히 적혀 있었다.

"위험한 연구는 네르달 하층에서 하고 있나……. 혹시 이 마술사 길드는…….”

엄청 불길한 예감이 들긴 했지만, 이곳에서 공부하면 장래에 큰 도움이 되지 않을까, 하는 생각이 먼저 들었다.

한동안 책자를 눈으로 대강 다 훑어봤다.

고개를 들어 주변을 확인했다. 올포드 씨는 아직 돌아오지 않았다. 나디아와 리디아는 모두 흥미가 느껴지는 책을 찾았는지 한창 독서에 열중하고 있는 듯했다.

나는 시선을 되돌려 네르달의 개요가 적혀 있는 하드커버 책을 읽기 시작했다.

책에서 빛이 흘러넘치더니 입체 영상이 띄워졌다.

[공중도시국가 네르달에 온 것을 환영한다. 내가 이 천공에 떠 있는 도시를 만든 용사다. 되도록 내 로망을 이해할 수 있는 사람이길 바란다.]

입체 영상의 내용은 그뿐이었다.

“이 사람은 대체 뭘 하고 싶었던 거지?”

무슨 영문인지 입체 영상 속 얼굴이 뿌예서 잘 보이지 않았다. 그러나 예전에 록포드에서 모습을 본 적이 있기에 입체 영상 속 인물이 누구인지 짐작할 수가 있었다.

나는 내용을 계속 읽어나갔다. 그 후로는 입체 영상 같은 장치는 나오지 않았다. 네르달의 전체상을 알 수 있는 내용이 상세히 적혀 있었다.

공중도시국가 네르달은 도시라고 하기에는 아주 작다. 지름이

3km쯤 되는 일그러진 구 형태이고, 깊이는 2km쯤 된다고 한다.

의외로 작은 규모지만 비밀기지를 공중 도시로 개발한 레인스타 경의 로망을 느낄 수가 있었다.

만약 이 도시에 요새 기능이 있다면? 그야말로 전장을 제압할 수 있을지도 모른다. 초고도에서 가하는 공격을 지상의 국가들이 대응할 수 있을까? 마법이 있는 세계이니 내가 모르는 방법이 있을지도 모르겠지만, 쉽지는 않을 거다.

실제로 이 책에 따르면, 네르달은 강고한 결계가 있어서 흑룡의 브레스를 맞더라도 흠집 하나 나지 않는다고 한다. 하늘에 있기에 공격하기도 쉽지 않을 텐데, 방어까지 튼튼하다면 감히 건들 수 없을 것이다.

자칫 이것들이 악용된다면 엄청난 일이 날 수도 있다. 그만큼 오버 테크놀로지다.

용사인 레인스타 경이라면 격추할 수 있을 것 같지만.

흑룡이 얼마나 강한지는 본 적이 없어서 모르겠지만, 적룡과 동급이라고 가정한다면 레인스타 경은 이 도시에 벌인 짓이 이상하기 짝이 없다. 뭐, 그 사람이 이상하다는 건 새삼스레 따질 필요도 없긴 하지만.

……가만, 흑룡의 정체가 실은 암룡(闇龍)이라는 복선은 아니겠지?

지금껏 겪어왔던 일들을 돌이켜보니 차마 부정할 수가 없었다.

책장을 계속 넘기다가 한 문장을 보고서 나는 굳어버렸다.

'네르달의 방어 수단은 용사가 짜낸 마법진으로 작동하고 있다. 불명확한 기록이나 바람의 정령, 그리고 풍룡과 수룡의 힘을 빌렸다고 한다.'

"……처음 듣는 소리야! 네르달에 바람의 정령만 있는 게 아니었어!"

나는 책에 적혀 있는 그 내용을 보고서 무심코 소리를 지를 뻔했다. 바람의 정령뿐만 아니라 풍룡과 수룡까지? 두 마리가 다 있다면……. 이런, 몸이 떨려온다.

여태껏 전생룡과 대치하여 절반의 확률로 전투가 벌어졌었다. 만약에 그때 회복 마법이 없었더라면 나는 죽었겠지.

만약에 지금 전생룡과 전투를 벌인다면……. 등줄기를 타고 축축한 땀이 흘러내린다.

정령과는 아직 전투를 치른 적이 없어서 네르달은 안전할 거라고 믿었다.

나는 가슴속에서 울컥하는 이 복잡하고도 꺼림칙한 감정을 잘 처리하지 못하고 냉정을 잃었다.

"루시엘 님, 괜찮나요?"

"무슨 일이 있나요?"

그런 나를 보고서 나디아와 리디아가 걱정스러운 얼굴로 다가왔다. 하지만 지금은 이 배려가 서글펐다.

"소란을 떨어서 미안해. 치유사의 능력을 잃어서인지 감정 기복이 심해진 것 같아."

직업의 부가적인 효과였는지도 모르겠군.

"억지로 웃지 않아도 괜찮아요. 당신의 수행원은 여기 있어요."

"뭐든지 말해주세요."

두 사람이 헌신하면 할수록 미안한 감정이 더욱 강해졌다.

"고마워. 하지만 지금은 혼자서 생각할 일이 있어. 둘 다 모처럼 자유시간이니 보람차게 쓰도록 해."

"알겠습니다. 그럼 무슨 일이 생기거든 불러주세요."

"무슨 일이 생기면 바로 달려가겠습니다."

"고마워."

조금 차가운 말투로 말하긴 했지만, 내가 괜찮다는 걸 알았는지 두 사람은 아까 있었던 곳으로 각각 되돌아갔다.

나는 심호흡을 연거푸 하고서 다시금 네르달에 관해 적혀 있는 책을 내려다봤다.

"어라? 잠깐만. 혹시……."

나는 황급히 책장을 넘겼다.

책에 따르면 마술사 길드는 네르달의 중심에 있고, 그곳을 에워싸듯 동서남북에 도시가 있다.

"그렇다면 분수는?"

이번에는 마술사 길드 내부에 관해 적힌 책자를 들고서 살펴봤다. 예상한 대로 마술사 길드에는 안뜰이 있고, 그곳에 분수가 있다고 한다.

“조건은 모두 갖춰졌어. 아까 느꼈던 불길한 예감은…….”

머릿속에서 뿔뿔이 흩어져 있던 조각들이 잇달아 이어지더니 어느새 형태를 갖췄다.

바로 그때 올포드 씨가 낙담한 모습으로 되돌아왔다.

“면목 없구나. 금술을 사용한 대가로 잃어버린 직업이나 마법 적성을 되찾는 방법이 실려 있는 서적을 찾지 못했네…….”

나는 올포드 씨에게 궁금했던 것들을 물어보기로 했다.

“올포드 씨, 묻고 싶은 게 두 가지 있습니다.”

“뭐, 뭔가?”

조금 흥분한 바람에 목소리가 커졌는지 올포드 씨를 놀래고 말았다.

마음을 가라앉히고서 두 가지를 질문했다.

“이 책에 실린 두 용은 실존하는 겁니까? 만약 그들이 사라진다면 네르달은 추락하는 겁니까?”

“흐음. 전생룡을 말하는 겐가? 네르달은 곳곳에 부유 마법이 새겨져 있다네. 쉽게 추락할 리는 없어.”

최악의 가능성은 피했다. 나는 마지막 조각을 맞추기로 했다.

“사신급 저주나 봉인을 풀 수 있는 마법이나 마도구가 있습니까?”

“그런 건 존재하지 않네. 그대는 뭔가 위험천만한 일이라도 꾸미고 있는 겐가?”

올포드 씨의 표정은 변하지 않았다. 그러나 눈빛에 위압감이 실려 있는 듯한 기분이 들었다.

나는 마음이 초조하여 말을 빼먹었다는 걸 깨달았다.

"설명이 부족했네요. 사신한테서 저주를 받았거나, 봉인당했을 때 해주(解呪)할 수 있는지 알고 싶습니다."

"그런 뜻이었나? 보통은 무리지. 만약에 가능하다고 해도 무언가 대가가 필요할지도 모르네."

뭐, 사신 역시 신은 신이니 그렇겠지.

"그럼 죽어가는 전생룡조차 회복시킬 수 있는 강력한 포션 같은 게 있을까요? 전승이라도 좋으니……."

엘릭서나 소마, 암리타 같은 기적의 회복 아이템이 있기를 바랐다.

"애초에 전생룡이 실존하는지도 알 수가 없으니 모르겠군. 뭐, 인생이 잘 풀리지 않으면 무릇 인간은 초조해하기 마련이지. 이상한 망상을 하기보다는 우선 지식부터 쌓는 게 어떤가?"

"그게 옳을지도 모르겠지만, 그래도 잃어버린 힘을 되찾을 방법이 없을까, 예전 치유 능력에 필적하는 비약을 제작할 수 없을까, 하는 생각이 자꾸만 듭니다."

"뭐, 마음을 굳게 먹도록 하게. 교황님으로부터 그대가 몇 가지 속성 적성을 보유하고 있다고 들었네. 물론 잃어버린 힘을 되찾기 위해 전전긍긍하는 그 마음을 모르는 바는 아니지만, 다른 수련을 한 뒤에 고민해 봐도 늦지는 않겠지."

올포드 씨에게 무언가 생각이 있는 걸까?

지금은 내가 무슨 말을 하든 냉정해지라는 소리를 들을 것 같다.

분명 올포드 씨의 말에 일리가 있다고 생각한다. 내가 조바심을 내고 있다는 것도 알겠다. 치유사 직업을 잃고 곧잘 초조함을 느낀다. 조심해야겠는데.

나는 더는 실례를 범하지 않도록 생각을 한번 털어낸 뒤에 올포드 씨가 권하는 내용이 담겨 있는 서적을 넘겨받았다.

"알겠습니다. 다른 속성 마법도 시도해보고 싶다고 생각하던 차였습니다."

우선은 할 수 있는 것부터 해보자. 나는 네르달에서 마법 수행을 하면서 장서들을 탐독하기로 했다.

"그러는 게 좋을 게야. 내가 강사를 맡도록 함세."

올포드 씨가 만족스럽게 웃었다. 그런데 나에게 다른 속성 마법을 공부케 하거나, 수련을 쌓게 하려는 뭔가 이유라도 있는 걸까?

언젠가 그 이유에 감사할 날이 올지도 모른다. 그렇게 생각하면서 나는 들고 있는 장서를 읽기 시작했다.

03 발동하지 않는 마법과 숨긴 것

마도서고에서 공부하고 있으니 마법을 쉽게 이해할 수 있는 책을 올포드 씨가 여러모로 엄선해줬다.

올포드 씨는 나를 물끄러미 쳐다보고서 내 잠재 속성의 적성이 성(聖), 화(火), 토(土), 뇌(雷), 네 종류라고 알려줬다.

추측이지만 올포드 씨는 정말 감정 스킬이 있는 것 같았다. 부끄럽게도 나디아와 리디아에게 엉뚱한 소리를 해버렸군. 하지만 그때는 정말 감정 스킬과는 무언가 다른 감각을 느꼈는데…….

어쨌든, 올포드 씨가 본 적성은 전생룡의 가호와 일치했다. 성 속성 이외에는 내 초기 속성들이 아니니 그들의 가호와 연관이 있는 게 분명했다.

다만 정령의 가호는 어떤 영향을 주는지 알 수 없었다.

집중력이 흐트러질 때마다 올포드 씨가 간단한 마법 강의를 해줬다.

"마법에서 중요한 것은 영창(詠唱)의 의미를 깊이 이해하고, 현상을 상세하게 떠올린 뒤 마력으로 세계에 간섭하여 마법을 일으키는 것일세."

내가 처음에 힘을 익히고 숙련도를 효율적으로 올리던 방법과 동일했다.

"치유사 길드에서 받았던 초급 마법서에도 비슷한 내용이 적혀 있었습니다."

"마법의 기본이니까. 어떤 이미지를 떠올렸는가에 따라 영창을 바꾸더라도 마법이 발동하는 경우도 있지."

"영창 파기나 무영창으로도 마법이 발동하는 건 그런 이유 때문이군요?"

"그렇지. 너무 이미지에만 의존하는 건 위험하지만, 그렇다고 이미지를 떠올리지 못하면 아예 마법이 발동하지를 않네. 이때 영창이 이 이미지의 연상을 돕는 거지."

"과연. 그럼, 사람마다 수련 방법이 다르겠군요."

"음. 그래서 수련을 거듭하면 생각하지 않고도 마법을 쓰는 수준에 이르지. 네르달에 머무는 동안에 기초부터 탄탄히 익히게나."

"예!"

강의가 끝나고, 나는 두 수행원의 잠재 속성 적성도 봐달라고 올포드 씨에게 부탁했다.

이럴 때는 경쟁 상대가 있어야 하는 법이다. 서로 의견을 주고받을 수도 있고, 경쟁심도 생기니까.

나디아는 뇌와 수와 풍속성 적성을, 리디아는 기본 4속성 적성을 갖고 있었다.

자매의 분석을 끝마친 올포드 씨는 뭘 느낀 건지, 두 사람도 가르쳐주겠다고 말했다.

거절할 이유가 없으니 순순히 호의를 받았지만, 우리를 기다리고 있었던 것은 강의라는 이름의 낭독회였다.

영창이나 마법진에 관해 배우는 줄 알았는데, 책에 실려 있는 내용만 주야장천 읽었다. 졸음이 서서히 몰려들었다.

나는 안 되겠다 싶어 올포드 씨에게 질문했다.

"적성이 있는 속성의 레벨 I 영창은 전부 익힌 상태인데, 마법이 잘못 발동되더라도 문제가 없는 곳이 어디 없을까요?"

"흠, 그래. 실전도 필요하지. 그럼 마법 훈련장으로 가세나."

"오, 훈련장이 있군요."

"제아무리 부서지더라도 자동으로 복구되는 훈련장일세. 마술사 길드의 자랑 중 하나지. 이 네르달이 건국된 시절부터 있던 시설일세."

올포드 씨가 기쁨의 웃음을 지으며 그렇게 말했다.

그 말에 나는 이 도시 어딘가에 용이 있다는 글이 떠올랐다. 거기에 자동 복구가 되는 벽……. 이 네르달은 사실 미궁을 개조하여 만든 게 아닐까? 터무니없는 이야기라 당장 확인할 방법은 없지만.

레인스타 경에게 물어보고 싶은 것이 점점 늘어나는군.

"잘 부탁합니다."

나는 네르달과 미궁에 관한 이야기를 입 밖으로 내지 않았다.

입 밖으로 냈다가는 미궁과 사신에 관한 생각으로 머릿속이 가득해질 것 같았다.

올포드 씨의 안내를 받아 마도서고를 나와 훈련장으로 가는 동안에 나는 줄곧 생각했다.

나디아와 리디아는 귀족 영애였으니 마법 적성이 있는지 알고 있었겠지.

다만 돌이켜보니 나디아가 마법을 쓰는 모습을 본 적이 없다. 또한 리디아가 정령 마법을 제외하고 잠재 적성이 있는 속성 마법을 구사하는 광경도 본 적이 없다.

적성이 있는데도 마법을 쓰지 않았던 것은 속성뿐만 아니라 직업을 비롯한 다른 요소와 관련이 있는지도 모른다.

아니면 성인식 때 직업을 획득하면 원래 사용할 수 있었던 스킬이 되레 열화되는 경우도 있을까? 그런 생각이 머릿속을 스쳤다.

그때 문득 규칙적인 발소리가 들려왔다.

올포드 씨가 문을 열고서 안으로 들어가기에 우리도 뒤를 따랐다.

사악한 기운은 없었지만 보스방처럼 불쾌한 압박감이 느껴졌다.

"어떤가? 꽤 멋들어지게 지어지지 않았나? 여기서는 그 어떤 마법을 쓰더라도 부서지지 않는다네."

"감사합니다. 그럼 마법을 발동할 수 있을 때까지 노력해볼게요. 두 사람도 일단 해볼까."

그리하여 마법 수련이 시작되었다. 그러나 아무리 영창해도 당연하다는 듯이 마법이 발동되지 않았다.

처음에 힘을 습득했을 때도 이랬었지.

과거를 돌이켜보고서 이 수행을 조금이라도 더 즐겨보자고 결심했다.

속성 적성이 있으니 다른 속성 마법도 금세 사용할 수 있게 되겠지……. 그렇게 쉽게 생각했기 때문이다.

그러나 그 기대가 배신을 당했다.

속성 적성이 있는 모든 초급 마법을 알포드 씨에게서 배운 대로 통상 영창, 영창 단축, 영창 파기, 무영창, 고유 영창, 마법진 영창으로 시도해나갔다.

그러나 마법이 한 번도 발동하지 않았다.

환상지팡이가 마력을 흡수하여 속성에 따라 빛나기는 했으나 마법은 발동하지 않았다.

처음에는 환상지팡이와 충돌하는 건가 싶어서 지팡이를 내려놓고도 해봤다. 그러나 마법은커녕 마력조차 나오지를 않았다.

"지팡이가 내 마력을 흡수하기에 빈손으로 하면 마법이 발동될 줄 알았는데……."

나는 마음을 다잡고서 '토치'라는 초급 화속성 마법을 영창했다. 그러나 역시나 마법 지팡이가 심홍색으로 빛나기만 할 뿐 마법은 발동하지 않았다.

상태창을 보면 마력이 줄어든 건 확실했다. 혹시 몰라서 숙련도 감정을 해봤더니 어떤 속성도 성장하지 않았다.

막 시작한 참이긴 하지만 이건 내 힘만으로 타개할 수 없는 문제라고 느꼈다.

나는 조금 망설이다가 올포드 씨에게 조언을 구했다.

"올포드 씨. 마법을 영창하니 환상지팡이가 마력을 흡수하여 그 속성에 해당하는 빛으로 빛나기까지는 했는데 정작 마법이 발동하지 않습니다. 조언을 구할 수 있겠습니까?"

"체내 마력을 확실히 조작할 줄 알고, 제어 밸런스도 괜찮구먼. 근데 그렇게까지 영창을 계속 시도했는데도 마법을 발동하지 못한 자는 처음 보는구먼."

올포드 씨가 고민하는 얼굴로 고개를 갸우뚱거리며 영양가가 없는 말을 했다.

뭐라도 좋으니 희망을 느낄 수 있는 조언을 해주길 바랐다. 물론 타인에게 너무 의지하고 있다는 걸 잘 알지만, 역시나 초조해서인지 바로 답을 얻을 수 있기를 바랐다. 아마도 모든 것을 꿰뚫어 보는 듯한 올포드 씨의 시선 때문에 과도하게 기대했던 듯하다.

그런데 올포드 씨는 나에게 아무 말도 하지 않고, 마법 수련을 하는 나디아와 리디아 쪽으로 시선을 돌렸다.

혹시 나에게 재능이 없어서 단념한 건가?

나는 불안해져 올포드 씨에게 말을 걸었다.

"올포드 씨, 세 가지…… 아니, 몇 가지 질문이 있습니다."

"음. 내가 알고 있는 거라면 대답함세."

질문을 받아서 기쁜지 올포드 씨가 활짝 웃으며 귀를 쫑긋 세웠다.

그렇다면 의문이 드는 것들을 물어보기로 하자.

"우선 첫 번째 질문인데, 성속성 이외의 잠재 속성으로 치유할 수 있는 마법이 존재합니까?"
"있지. 광속성은 공격, 보조, 회복까지 모든 것을 망라하고 있네."
"광속성입니까……. 용사나 한정된 몇몇 직업만이 보유할 수 있는 속성 아닙니까?"
역시나 광속성 적성이 있으면 좋을 것 같긴 하다. 그러나 포레누와르에게서 빛의 정령의 가호를 받았는데도 속성 적성은 획득하지 못했다. 아마도 빛의 전생룡의 가호가 필요한 듯하다. 그러나 빛의 전생룡과는 아직 만난 적이 없고, 어디에 있는지도 모르니, 생각해봤자 의미가 없겠지.광속성을 보유하고 있지 않아서 분하다. 다른 속성 중에 치유할 수 있는 마법이 있다면 좋을 텐데……. 그건 너무 지나친 바람인가…….
"잘 알고 있구먼. 허나 그건 틀린 정보일세. 광속성 적성을 가진 자는 대단히 적긴 하네만, 엄연히 존재한다네. 또한 용사처럼 모든 속성까지는 아니더라도 여러 속성 마법을 보유하는 건 드물지 않아. 그건 다양한 문헌에도 적혀 있지."
아주 기쁘게 말하는 올포드 씨의 모습을 보고서 역시나 마법을 좋아해서 마술사 길드장을 맡은 거구나, 하고 납득했다.
그렇기에 이제는 눈치 보지 말고 이야기하는 편이 좋을 것 같다고 생각을 고쳐먹고서 모든 질문을 단도직입으로 던져보기로 했다.
"그럼 성속성 적성이 없더라도 성속성 마법을 재현할 수가 있습니까?"

"성속성 마법을 재현한다라……. 광속성과 수속성, 혹은 풍속성과 혼합한다면 가능할지도 모르겠네. 그러나 마법을 발동조차 못 해서야……."

그 말마따나 나는 마법을 발동조차 못 하고 있으니. 자기 회복 정도는 가능해질지도 모르겠지만, 마음 같아서는 예전 상태로 되돌아가고 싶은 심정이다.

"과거에 적성 속성을 잃었는데 이후에 다시 쓸 수 있게 된 사례도 좋습니다. 뭔가 단서가 될 만한 게 없을까요?"

"흐음, 고대 마법을 연구하던 나라가 2백 년 전쯤에 멸망해서 잘 모르겠구먼."

올포드 씨가 조용히 고개를 가로저으며 기다란 하얀 수염을 손가락으로 집듯이 매만졌다.

문제가 그렇게 순조롭게 풀릴 리가 없나.

"뭐, 그렇군요……. 그럼 다음 질문인데, 제가 여러 속성 마법을 잘 구사하지 못하는 이유는 직업 때문입니까?"

"그건 아닐세. 직업 자체가 바뀌더라도 기껏해야 마력 소비량이 더 늘어나는 정도겠지."

올포드 씨의 얼굴에서 자신감이 흘러넘쳤다.

그렇다면 내가 마법을 사용하지 못하는 이유는 무언가가 부족하거나, 혹은 부족하기 때문인가? 아니면 용의 가호를 받은 속성이 늘어난 것과 관련이 있는 걸까? 고려할 게 너무 많아서 머릿속이 뒤죽박죽이다.

분명 그 문제의 해답이 이 마도서고 안에 있겠지. 마법 발동에 관한 정보가 더 상세히 실려 있는 책을 찾아봐야겠다.

생각을 멈출 상황이 아니다.

"마지막 질문인데요. 이 훈련장은 어느 미궁 주인의 방과 흡사한 것 같아요. 뭔가 아시는 게 있을까요?"

내가 묻자 올포드 씨의 얼굴이 한순간 딱딱해졌다. 명백히 굳어진 것처럼 느껴졌다.

"흐음. 사실인지는 잘 모르겠네만, 어쩌면 미궁을 참고하여 만들었을지도 모르지."

그러나 이내 평소처럼 활짝 웃으면서 얼버무리듯 대답했다.

"그런가요. 참고로 이곳과 똑같은 훈련장이 더 있나요?"

"세 군데 더 있네만, 그건 왜 묻나?"

"여기서 조사하고 싶은 것도 있어서 당분간 머물 예정입니다. 다만 훈련장을 언제든지 사용할 수는 없을 것 같아서 여쭤보는 겁니다."

이와 똑같은 훈련장이 더 있다면 그곳에 전생룡 앞으로 이어지는 봉인의 문이 있지 않을까?

"그런가? 어느 에어리어에 있는 훈련장이든 마술사 길드 책자가 있다면 통과할 수 있도록 조치해둘 테니 안심해도 좋네."

"감사합니다. 궁금한 게 또 생기거든 질문하도록 하겠습니다."

우선은 마법을 발동하기에 앞서 마도서고의 장서들로 공부하고, 시간이 날 때마다 마법 수련을 하도록 하자.

그리고 기회가 있다면 레인스타 경이 말했던 분수를 한 번 찾아보자.

나는 올포드 씨에게 감사를 전한 뒤 나디아와 리디아에게 궁금한 게 있으면 그에게 물어보라고 하고 마법 수련을 재개했다.

04 과거 이야기와 그 결과

훈련장에서 훈련을 시작한 지 몇 시간이 지났다. 지금껏 노력해온 덕분인지 훈련하던 도중에 마력이 고갈되지 않았다.

그러나 그 누구도 적성이 있는 속성 마법을 발동하는 데 성공하지 못했다. 진보하고 있는 건지 제자리걸음을 하는 건지 모르겠는데, 마력을 고속으로 순환시켜 신체를 강화하는 요령으로 수행을 해봤더니 체내에서 뜨거운 기운이 피어오르게 되었다. 다만 환상지팡이에 마력을 흘려 넣는 방식과 비교하여 어느 쪽이 더 올바른 수련인지 모르겠다. 리디아는 정령 마법을 발동할 수 있게 됐지만, 일반 속성 마법은 발동하지 못했다.

참고로 두 사람은 여러 번이나 마력이 고갈되어 마력 포션을 마셨다.

올포드 씨는 그런 우리를 묵묵히 지켜보기만 했다.

그 때문에 집중력이 흐트러지지는 않았지만, 뭔가 계기가 될 만한 조언을 해줬으면 좋겠다 싶어서 시선을 힐끔 돌렸을 때였다.

"잠깐 괜찮겠나?"

"예."

아까와는 다르게 올포드 씨가 진지한 표정으로 말을 걸어왔다. 가르침을 받을 수 있으리라 기대하며 목소리를 높였다.

그러나 그가 한 말은 내가 원했던 것이 아니었다.

"슬슬 점심시간이구먼. 점심 식사를 끝마치면 그대들이 앞으로 묵게 될 방으로 안내함세."

"아, 예."

머릿속이 마법에 관한 생각들로 가득 차 있어서 오늘부터 이 마술사 길드에 묵어야 한다는 것조차 까먹고 있었다.

치유사 직업을 잃은 뒤로 시야가 좁아진 듯하다.

나디아와 리다아에게도 폐를 끼치고 말았다.

그나저나 무엇 하나 이뤄낸 게 없네. 나는 숙련도 감정을 하면서 몇 시간을 그냥 허비했음을 깨달았다.

그 때문에 아주 짜증이 났던 모양이다. 가만히 지켜보기만 할 뿐 아무런 지도도 해주지 않는 올포드 씨의 말이 고깝게 들렸다. 생각해보니 올포드 씨가 내 수련에 함께 해야 하는 이유도, 조언해줘야 하는 의무도 없다. 그러나 초조함이 부정적인 감정을 키웠는지도 모르겠다.

크게 반성해야…….

그래도 내가 어떤 사람인지 보여주고자 하고 싶은 말은 꼭 해둬야겠다는 마음이 강하게 들었다.

"올포드 씨, 마법 수련을 조금 더 하고 싶습니다만."

"스스로한테 채찍질만 해대면 오히려 지쳐서 나자빠지는 법일세. 따라오게."

올포드 씨가 그렇게 말하고서 문 쪽으로 향했다.

스승님과 라이오넬 때문에 목표를 향해서 철저히 단련해나가는 수행 스타일이 몸에 밴지라 올포드 씨의 그런 유유자적한 태도에 굳어버리고 말았다.

나디아와 리디아도 마찬가지인지 당혹스러운 표정으로 나에게 의견을 구했다.

"루시엘 님."

"어떻게 할까요?"

분명 두 사람이 없었다면 그 의견에 반발하고서 발동하지 않는 마법을 수련하든가, 원인을 찾기 위해 마도서고로 돌아갔을 테지.

하지만 그건 어린애나 하는 짓이다.

"……무턱대고 해서 되지는 않겠지. 어쩌면 지식을 먼저 익혀야 할지도 몰라. 이번에는 올포드 씨의 뜻을 따르자. 그리고 새삼스럽긴 하지만 앞으로 오랫동안 두 사람한테 신세를 질 것 같아. 그러니 잘 부탁해."

""예. 저희야말로 잘 부탁드립니다.""

내면의 갈등이 표정으로 드러났는지 두 사람이 서로 마주 보고 웃으며 고개를 끄덕인 뒤에 입을 모아 대답했다.

나도 고개를 끄덕이고서 올포드 씨를 따라 훈련장을 나갔다.

나는 올포드 씨를 쫓아가면서 조감도를 보아 주변 지리를 익혔다.

조감도에 따르면 마술사 길드 안에 숙박 시설을 비롯한 모든 시설이 배치되어 있다고 한다.

그 중심에는 분수가 있고, 올포드 씨와 처음 만났던 마술사 길드 접수처는 그 앞쪽에 그려져 있다. 조감도는 동서남북, 네 구역으로 나뉘어 그려져 있는 듯했다.

우리가 전송된 뒤 처음으로 맞닥뜨렸던 방과 정원도 기재되어 있다. 그런데 주의 깊게 살펴보니 축척이 일정하지 않은 듯했다.

이래서야 조감도가 있더라도 길을 헤맬지도 모르겠다고 생각을 하면서 오늘부터 묵게 될 숙박 시설과 식당이 있는 서쪽 구역으로 나아갔다.

참고로 동쪽에는 매점과 도서관, 마도서고가 있고, 북쪽에는 마술사 길드 강의실이 있다

그런데 모든 시설이 전부 기재되어 있는 건 아닌 모양인지 공백도 많았다. 너무 의지하면 길을 잃을 것 같았다. 심지어 우리가 방금까지 있었던 훈련장도 기재되어 있지 않았다. 대신 조감도의 공백 부분에 네르달에서 지켜야 할 주의사항이 적혀 있었다.

예를 들어 접수처 좌우에 있는 계단은 마술사 길드 내에서 어느 정도 권한이 있는 사람만이 이용할 수가 있다고 한다.

이 규칙을 어기면 벌금이 발생한다고 한다. 그런데 애당초 이 조감도를 보지 않았다면 위반을 했는지조차도 알 수가 없겠지.

누가 위반자를 단속하는지는 적혀 있지 않았다. 조감도를 보기만 해도 의문들이 잇달아 솟았다.

아무리 궁금해도 숙박 시설에 도착한 뒤에야 올포드 씨에게 물

어볼 수가 있겠지.

길을 헤매지 않도록 시각 정보를 머릿속에 넣기에도 바쁘다.

뭐, 전생 때 일하면서 습득한 능력 덕분에 한 번 지났던 길은 잘 헤매지 않는다. 이참에 개인용 간이 지도를 만들어야겠는데.

그런 내 생각이 옳다는 걸 증명이라도 하듯이 저 앞으로 쭉 이어져 있는 외줄기 복도에 나 있는 계단이 시야에 들어왔다. 조감도에는 기재되어 있지 않은 곳이었다.

그리고 올포드 씨는 그 계단 앞에서 이쪽으로 돌아봤다.

"여기서부터는 헤매기 쉬우니 길을 똑똑히 기억해두도록."

"애당초 조감도에 기재되어 있지 않은데, 저 계단 끝에 뭐가 있는 건가요?"

"각국의 숙박 시설과 연구 시설이지. 조감도에 기재되어 있지 않은 이유는 각국마다 시설 입구가 다르기 때문이야."

"과연. 그래서 기재되어 있지 않았던 거군요."

나는 그렇게 말하면서도 조금 아쉬운 기분이 들었다.

각국의 시설이 서로 간섭하거나 간섭당하지 않도록 배치된 건 좋다.

그런데 그 방법이 원시적이다.

그 레인스타 경이라면 조금 더 기술적인 방법을…… 예를 들어 홍채 인식이나 마력 인증 같은 첨단 방식을 채택했을 줄 알았다. 너무 과도한 기대이려나.

올포드 씨는 계단을 내려가면서 시설을 설명해줬다.

"여기서부터는 마도구나 마법을 다루는 연구 구역일세. 아래층으로 내려갈수록 위험한 연구를 하고 있지."

"왜 그런 구조를 취한 겁니까?"

"봉쇄하거나 분리하기가 쉬우니까. 뭐, 아래층으로 내려갈수록 방어가 강고하다는 게 가장 큰 이유이긴 하네만."

"과연."

참고로 올포드 씨의 말에 따르면 열흘마다 한 번씩 입회 검사를 하는데, 금지된 실험이 적발되면 흔적도 남기지 않고 치운다고 한다. 그러나 처리 방법은 알려주지 않았다.

그 뒤로 복잡한 통로를 지나 식당으로 향했다.

어쩐지 나아갈수록 위화감이 서서히 커졌다.

"네르달은 원래 이리 인적이 드문 겁니까?"

나라마다 숙박 시설과 연구소가 따로 분리되어 있다는 말은 들었다.

하지만 네르달에 오고 나서 만난 사람은 고작 둘뿐.

이렇게나 시설이 넓은데 직원조차 만난 적이 없다는 건 역시 이상했다.

"사람과 맞닥뜨리지 않는 길로 왔으니 당연하지. 자네도 그편이 더 좋지 않나?"

혹시 일부러 사람들을 물리쳐준 건가? 그렇다면 고마운 배려다.

"그런 거였나요? 죄송합니다. 배려해주셔서 또 감사합니다."

"후오후오후오. 농담일세. 사실은 이곳이 성 슈를 공화국 전용

층인데, 근 수십 년 동안 아무도 오지 않았다네. 결국 일이 없으니 직원도 빼버렸지.”

“과연, 그래서 아무도 없던 거군요.”

그 말은 즉, 이 시설이 수십 년 동안 방치되었단 소리 아닌가?

관리는 했겠지만, 사람이 살지 않으면 건물은 금세 엉망이 된다고 하던데, 정말로 괜찮은가?

하다못해 정화 마법이라도 쓸 수 있었다면 좋으련만…….

그나저나 성 슈를 공화국만 네르달을 수십 년 동안 이용하지 않았다니…….

기술이나 연구가 크게 뒤처졌다는 소리는 들어본 적이 없지만, 혹시 나라마다 연구 성과를 감춰두고 있나?

“으음. 뭐, 당시에 교황님께 그렇게 통보했을 때 여러모로 큰일을 치르긴 했지만.”

“……그랬습니까?”

당시 일이 떠올랐는지 올포드 씨의 눈빛이 애수에 잠긴 듯 흐리멍덩해졌다. 나는 그 모습에 살짝 동정심이 느껴져 필요 이상으로 캐묻지 않기로 했다.

그렇게 대화를 하다 보니 드디어 식당이 보이기 시작했다.

안으로 들어가 보니 여러 탁자와 의자들이 놓여 있는 카페테리아 같은 느낌이 들었다.

동시에 30명 이상이 식사를 할 수 있을 만한 넓이다. 천장도 높아 개방감이 느껴진다. 그 누구도 비좁다고 느끼지는 않겠지.

주방은 투명한 유리에 둘러싸여 있다. 마치 라이브 키친처럼 되어 있어서 놀랐다.

올포드 씨가 그런 우리의 모습을 보고 있었다. 그런데 왠지 거북해하는 듯한 표정을 짓고 있었다.

“이 식당을 사용해도 됩니까?”

“으음. 조리 기구나 재료도 얼추 갖춰져 있네.”

그렇다면 대체 왜 그런 표정을 짓고 있는 거지?

“뭔가 문제라도 있습니까? 저희가 대응할 수 있는 일이라면 도울 생각이니 무슨 일이 있다면 말해주십시오.”

“오오, 그런가? 실은 직원 중에 조리할 줄 아는 인재가 드물어서…….”

아아, 요리사가 없다는 건가? 그건 내게 문제가 아니다.

다만 올포드 씨의 말과 태도에서 조금 위화감이 느껴졌다.

나는 대화를 나누면서 자연스럽게 물어보기로 했다.

“그렇군요. 재료가 있다면 문제는 없어요.”

“그렇게 말해주니 고맙군.”

“근데 아까 전부터 마음에 걸리는 게 있는데, 혹시 성 슈를 공화국과 어떤 트러블이라도 있었던 겁니까?”

내가 네르달을 방문하고 싶다는 뜻을 교황님께 밝힌 뒤 네르달 측에 방문 의사를 전달했을 때는 내가 마법을 잃어버리기 전 이야기다.

시간이 그렇게나 많았는데도 답변도 주지 않고, 직원까지 배치하지 않은 건 뭔가 특별한 사정이 없는 한 이상하다.
"설마 그렇게 빨리 알아차릴 줄이야……."
"네르달 인구가 워낙 적어서 그런 줄 알았습니다. 하지만 다른 이유가 있는 것 같아서."
지금껏 새롭게 방문한 곳에서 분쟁을 겪지 않았던 적이 없었던 지라.
"상당히 오래전 일이네. 성 슈를 공화국은 원래 치유사 길드의 발상지로서 건국되었으나 마술사 길드가 그것을 고깝게 여기고 있다는 소문이 흘렀었지……."
"그건 이상하지 않습니까? 치유사 길드와 네르달의 창시자는 레인스타 경이잖아요?"
"그렇지. 하지만 소문을 믿은 일부가 폭주했다네. 소문은 금세 가라앉았지만, 그래도 성 슈를 공화국에서 네르달을 방문하는 사람이 줄어들었고, 네르달에 거주하는 사람도……."
그랬구나. 애당초 성 슈를 교회 본부에 미궁이 출현한 때가 반세기 전이다. 네르달로 인재를 보낼 여유가 없어진 상황과 맞물려 소문이 진실인 것처럼 굳어졌겠지.
역시 미궁이 여러 방면에 영향을 끼치고 있군.
그리고 마술사 길드 직원들에게 사고나 불운이 거듭 벌어졌다면 성 슈를 공화국을 담당하고 싶은 마음이 싹 사라지겠지…….
"혹시 성 슈를 공화국을 담당했던 분들이 뭔가 트러블이 겪었던 게……."

“음, 부정행위를 저지르거나, 다치거나 승격 시험에 떨어진 자도 있었지.”

“이 모두 타이밍이 좋지 않았던 것뿐이죠?”

올포드 씨가 고개를 끄덕였다.

당시 성 슈를 공화국에는 성속성 마법뿐만 아니라 각 속성 마법을 다룰 줄 알고, 신체 능력이 뛰어난 성기사나 신관 기사가 있었을 것이다.

그 절대적인 힘의 균형을 무너뜨리기 위해 어느 나라가 움직였다고 해도 이상하지 않다…….

이 무렵에 이에니스에서 치유사 길드가 철수했다. 성 슈를 공화국이 의도를 알아차리지 못하도록 시선을 끌고 싶었던 걸까?

어쩌면 성 슈를 공화국을 곤경에 빠뜨리려는 작은 악의에서 비롯되었을지도 모른다.

그러나 불운하게도 이 모든 것들이 비슷한 시기에 연달아 터져서 일이 커지고 말았다……는 건가.

어느 시대, 어느 세계든 그런 일들이 왕왕 벌어지곤 하니까. 불가능하지는 않다.

하지만 그게 아니라 누군가의 계획이라면? 생각만 해도 너무 무섭다.

부디 이 세상은 악의가 아니라 선의를 쌓아나가는 세계가 되어주길 바란다.

“나도 어떻게든 하고 싶었네만…….”

"계기가 없었으니 어쩔 수 없죠. 교황님께서 네르달로 오실 수도 없고."

"루시엘 공이 그 계기가 되어줬으면 싶네만……."

"죄송하지만 지금은 은밀하게 움직여야 할 때라."

"뭐, 그렇겠지."

이 문제는 뿌리가 깊은 듯하다.

사태가 벌어지고 그 누구도 부정하지 않은 채 약 반세기가 흘렀다.

내가 마술사 길드 직원이라고 해도 성 슈를 공화국은 맡고 싶지 않을 것 같다.

안 되겠군. 성속성 마법을 되찾으면 손을 좀 써볼까.

나는 조금 우울해진 기분을 전환하기로 했다.

"그래서 식사는 저희끼리 해결하면 됩니까?"

"그렇게 해주면 고맙겠군. 재료는 성 슈를 공화국 사람들이 수십 년 전에 들여온 것이네만, 마법 주머니처럼 시간 정지 효과가 부여되어 있으니 아마도 문제는 없을 걸세."

'아마도?' 갑자기 그 재료들을 쓰고 싶은 마음이 싹 사라지는군.

차라리 자료로서 가치가 있지 않을까. 반세기 전에만 쓰던 재료가 있을지도 모르는 일이다. 그루가 씨나 그란츠 씨가 좋아하겠군.

"두 사람, 점심은 어떻게 할까?"

"재료가 있다면 제가 열심히 해보겠습니다."

"저도 언니와 함께 열심히 해볼게요."
두 사람의 요리 실력은 인정하지만, 지금부터 만들면 시간이 꽤 걸릴 것 같은데…….
더욱이 수십 년 전 재료라는 말에 두 사람의 표정이 어두워졌다.
나도 성속성 마법으로 정화할 수 없는 상황에 믿지 못할 재료를 쓰고 싶지는 않았다. 딱히 요리할 기분도 아니고.
"……지금은 마법 주머니에 보관했던 걸 먹자. 요리는 오늘 저녁부터 하고."
나는 마법 주머니에서 완성된 요리들을 하나씩 꺼내 근처 탁자에 올렸다.
나디아와 리디아가 안도한 얼굴로 고개를 끄덕였다.
"오호. 요리들이 꽤 맛있어 보이는구먼."
올포드 씨가 요리를 보면서 군침을 여러 번 삼켰다.
"……괜찮으시다면 함께 드시지요."
"괜찮겠나? 그럼 사양하지 않겠네."
이 사람, 마술사 길드장이라서 그런지 제법 뻔뻔한 구석이 있군.
우리는 한담을 나누면서 점심을 끝마친 뒤 숙박 시설로 이동했다.
"일단 청소는 정기적으로 했으니 깨끗할 걸세. 다만 오랫동안 사용하지 않아서 불편한 점이 있을지도 모르니, 그때는 괘념치 말고 말해주게. 물론 방은 남녀가 구별되어 있으니 안심하게."
"왜 저를 보면서 말하는 건가요?"

"왠지 그냥."
놀리듯 말하는 탓에 살짝 부아가 치밀었다.
내 성격에 참아야지……. 하아~.
"너무 오래 방치해서 가구들이 상하지 않았을지 걱정이군요."
"교체 시기가 될 때마다 모든 집기를 한꺼번에 바꾸니 걱정할 거 없네."
"그렇군요."
"그럼 우선은 이 방일세."
"……호텔 같군요."
올포드 씨가 문을 열자 간소한 부엌과 식당, 널찍한 거실과 침실이 있는 2LDK 객실이 나왔다
원래는 혼자서 생활하는 방이 아닌 듯했다.
"제가 교회에서 쓰는 방보다 넓은데요."
"그렇게 말해주니 마음이 편하구먼. 이 방 옆에 똑같은 구조의 방이 있으니 아가씨들은 거길 쓰도록 하게나. 자, 마술사 길드의 안내는 이로써 끝일세."
"감사합니다. 참고로 외출하려면 어떻게 해야 하죠? 네르달의 도시에 한번 가보고 싶습니다만."
"그렇구먼……. 좋아. 처음에 갈 때는 내가 안내함세. 다만, 네르달은 성격이 뒤틀린 인간들이 모인 곳이니 뜨내기한테는 조금 버거울 걸세."
"알겠습니다. 그럼 일정이 정해지거든 알려주시면 감사하겠습

니다. 이 이후에는 마법 훈련장과 마도서고를 왕복하면서 시간을 보낼 것 같습니다."

"으음. 아무래도 좋네만 벌꿀주만은 잊지 말게나."

올포드 씨가 그 말을 남기고서 왔던 길을 되돌아갔다.

우리는 올포드 씨를 보낸 뒤 앞으로 어떻게 할지 의논하기로 했다.

"방금 올포드 씨한테도 전했듯이, 난 평소 마법 훈련장과 마도서고를 오가면서 지낼 생각이야. 그리고 아마 마법사 길드가 우릴 감시할 테지. 심지어 올포드 씨는 변신도 할 수 있으니 방심할 수도 없어."

"뭔가 대책을 마련하는 편이 좋을까요?"

"모르는 마법이라서 어떻게 대처해야 좋을지 곤란하네요."

두 사람이 이렇게 진지하게 고민해주니 위안이 된다. 수행원으로 데려오긴 했지만, 사실 할 일은 별로 없다. 되도록 자기 시간을 요긴하게 보냈으면 좋겠다.

"사람이 이렇게 적으면 정보를 얻으러 다니기도 쉽지 않겠지. 그러니 기본적으로는 둘 다 자유롭게 지내도 좋아."

""알겠습니다.""

"그리고 조사가 어느 정도 진척되면 마술사 길드 내 분수가 있는 안뜰에 가볼 작정이야. 다만 전투가 벌어질지도 모르니 각오만은 해두길 바라."

""예.""

두 사람은 이유를 묻지 않고 대답했다. 두 사람의 반응이 고마웠다.

갑자기 셋만 남아 약간 어색해진 우리는 시간을 유의미하게 사용하고자 함께 마도서고로 향했다.

나는 마도서고로 걸어가면서 두 사람과 함께 있더라도 어색해하지 않도록 기분전환이 될 만한 오락을 궁리했다.

마도서고에 좋은 아이디어 없으려나.

05 가치는 사람에 따라 바뀐다

마도서고를 다시 찾으니 문이 닫혀 있었다. 마법 주머니에서 얇은 책자를 꺼내자 문이 저절로 열렸다.

프리패스라고 하더니 아무래도 책자에 반응하는 방식인 듯했다.

책자를 산 건 현명한 선택이었다. 호운 선생님에게 오늘도 감사.

되도록 유익한 자료를 찾기를 기도하며 눈길이 가는 책을 살펴보았다.

그러나 책장에 꽂힌 책 제목들이 하나같이 변변치 못했다. 제목들을 읽는 것만으로 지치는 기분이었다.

"이게 대체 왜 마도서고야. 이해가 안 되네……."

나는 틀림없이 마법과 관련된 서적들이 즐비할 줄 알았는데, 여기 있는 건 전부 마법과 무관한 책들이었다.

「홍차를 올바르게 끓이는 법」, 「분재 손질 백선」, 「다양한 광석으로 ○○해봤습니다」 등.

정작 중요한 마법 서적은 그야말로 한 줌뿐이었다.

나는 일단 한 줌의 마법 서적에서 「초심자를 위한 마법 강좌」, 「마법을 쓸 줄 알게 되어서 자유롭게 여행해본다」, 「마법을 즐기는 법」을 꺼냈다.

이 이외에는 주목할 만한 책이 없었다. 각 속성 마법서나 입문서가 있기는 했는데, 내용을 보니 하나같이 초급이나 중급자용이라 별 도움은 되지 않았다.

내가 원하는 정보와 관련이 있을 것 같은 논문 여러 편을 한데 묶은 서적도 있긴 했지만, 편집 없이 표지만 달아 통째로 엮어 놓은 듯했다.

이 책에서 뭔가를 찾으려면 통째로 읽는 수밖에 없어 보였다.

나는 마도서고 전체를 둘러보며 한숨을 내쉬었다.

이쯤 되니 나는 올포드 씨가 일부러 중요한 것을 얼버무리는 게 아닌가 하는 생각이 들었다. 곧장 답을 찾지 말고 생각해보라고 타이르는 것 같기도 했다.

"내가 어떻게 받아들이느냐에 달렸나……."

마도서고에 해결의 실마리가 있을지는 모르겠지만, 안달복달해서 해결될 문제는 아니다.

"분명 어딘가에 루시엘 님한테 유용한 책이 있을 거예요."

"그래요. 이렇게나 책들이 많으니 해결의 실마리가 분명 있을 겁니다. 설령 올포드 님한테서 조언을 받지 못할지라도 루시엘 님이라면 결과를 낼 수 있을 겁니다."

내가 부정적인 생각에 빠지지 않도록 나디아와 리디아가 격려해줬다.

책 제목을 살펴보는 데 정신이 팔려서 두 사람이 곁에 다가온 것도 몰랐다.

"나디아, 리디아, 고마워. 올포드 씨에게 의도하는 바가 있을지도 모르니까 나도 노력할게."

"""예."""

내 태도 때문에 나디아와 리디아가 올포드 씨에게 악감정을 가지면 곤란하다.

이것 참, 나 스스로 감정을 더 제어할 수 있어야 하는데.

"두 사람은 네르달에 도착하고 나서 뭔가 마음에 걸렸던 점이 있었어?"

"딱히 이렇다 할 점은 없었습니다. 마도서고에서 책을 읽고, 수련장에서 마법 훈련을 하는 생활도 나쁘지 않다는 생각이 드는군요."

"여기는 마물한테 습격당할 걱정도 없으니 마법을 순조롭게 공부할 수 있을 것 같아요."

"두 사람 모두 긍정적이네. 기운을 조금 나눠 받은 것 같은 기분이야."

"루시엘 님에게는 당연한 말입니다. 전부 루시엘 님이 미궁에서 수행하시면서 말씀하신 거니까요."

"헛된 일은 하나도 없다. 쌓아나가는 것만이 최선의 지름길이라고 하셨죠."

나디아를 따라 리디아도 미소를 지으며 고개를 끄덕였다.

그러나 나는 당혹스러웠다.

"내가 그런 말을 했던가……."

분명 지금 난 의아해하는 표정을 짓고 있겠지.

그런 모습을 보고서 두 사람이 웃으면서 말했다.

"예. 루시엘 님은 몸소 줄곧 실천해오셨던 일이 아닙니까. 블로드 님이나 라이오넬 님과의 대련은 물론이고, 마물과 대적할 때도 쉽사리 쓰러지지 않으셨죠. 그걸 보면서 불가능하다고 여기는 상황일지라도 포기하지 않는 게 중요하다는 걸 배웠습니다."

"치유사가 그만한 전투 기술을 익히는 건 하루아침에 가능한 일이 아니잖아요? 여기서도 그렇게 노력한다면 분명 능력을 되찾을 계기를 찾을 수 있을 거예요."

아아, 지금 무언가가 내 등을 떠받쳐주고 있는 듯한 기분이 들었다.

두 사람은 내 기운을 북돋아 주려고 내뱉은 말일지도 모르겠지만, 내가 해왔던 선택들이 틀리지 않았다고 긍정해준 듯한 느낌이 들었다.

그 덕분에 나는 인생의 축이 되는 경험을 돌이켜볼 수 있었다.

앞이 보이지 않는 시련에 짓눌려 숨이 막힐 것만 같았을 때, 달아나고 싶은 마음이 굴뚝같더라도 포기하지 않고 한 걸음 한 걸음 발버둥을 쳤더니 어느새 상황이 확 바뀐 적이 있었다.

그때도 오로지 노력하는 것 말고는 다른 방법이 없었다. 그런데 노력하니 빛이 서서히 보이기 시작했고, 나를 지탱해주는 사람들이 나타났다.

그러니 이번에도 가능성을 포기하지 말고 발악해보자.

지금은 초조한 나머지 너무 서두르고 있다. 우선은 두 사람의 말을 믿기로 하자.

"……고마워."

나는 겸연쩍게 말했다. 아까만 해도 아무렇지 않았는데. 설마 사춘기인가?

다만 이성으로서 대한다기보다는 오랜만에 만난 가족에게 감사 인사를 할 때 느끼는 감정과 비슷했다.

"저희도 미력이나마 도울 테니 단련이라고 여기며 노력하도록 하죠."

"사신과도 맞설 담력을 가지신 루시엘 님이라면 분명 이뤄낼 수 있을 거예요."

두 사람이 미소를 지으며 말했다.

신기하게도 그 말을 들으니 나를 떠받쳐주고 있는 모든 사람의 모습이 눈앞에 떠오르는 듯했다.

"둘 다 고마워. 그리고 내게 힘을 빌려줘."

"""예."""

그렇게 두 사람과 잠시 대화를 나눈 것만으로 의욕을 되찾은 단순한 나는 두 사람의 도움을 받으며 우선은 자료를 찾는 데 집중하기로 했다.

마법 속성 적성에 관한 자료는 나디아가, 영창에 관한 자료는 리디아가 맡아서 조사하기로 했다. 나는 마력과 마법의 구조에 관한 자료를 철저히 살펴나가기로 했다.

서적이나 자료를 보면서 마음에 걸리는 점이나 중요하다고 여기는 내용은 양피지에 옮겨 적었다. 휴식 시간에는 그것들을 보면서 셋이서 대화를 나눴다.

묵묵히 작업을 해나갔다. 그러나 역시나 읽어봤자 소용이 없는 책이나 내용이 많았다. 개중에는 나디아와 리디아가 읽을 수 없는 악필도 있었다.

나는 이세계 언어 스킬 덕분에 읽을 수는 있지만, 연구 내용을 휘갈겨놓은 것이라서 내용까지는 이해할 수가 없었다.

문장을 고친 뒤 서적으로 펴냈으면 좋았을 텐데……. 그런 생각이 자꾸만 들었다. 그러나 컴퓨터나 문서 편집기는 물론 타자기도 없으니 어쩔 수 없을지도 모른다.

그런데 레인스타 경이라면 개발했을 법도 한데 왜 하지 않았을까?

의욕이 생긴 것은 좋으나 오랜만에 글자를 계속 읽었더니 눈이 피로해졌다.

이런 때 안약이 아닌 힐을 사용할 수 있으면 좋을 텐데. 이럴 때 마법을 찾는 걸 보니 이 세계에 어느덧 물들었구나.

"뭔가 힌트는 없으려나……."

바로 그때 어떤 서적의 제목이 눈에 들어왔다.

마력을 마법으로 쓰는 게 아니라 신체 능력을 끌어올리는 용도로 사용하는 걸 연구하여 정리한 논문이었다.

체내 마력을 고속으로 순환시키면 모든 능력치를 끌어올릴 수가 있다. 다소 무리한 방식이라 평범한 사람은 자주 사용할 수가 없다.

"새삼스럽지도 않은 내용이네. 회복 마법을 상실했으니 무리한 신체 강화도 불가능한데."

나는 논문 내용에 딴죽을 걸면서도 서서히 그 내용에 이끌려 계속 읽어나갔다.

솔직히 기대는 별로 하지 않았다.

그래도 마법을 기필코 되찾겠다는 의욕을 전력으로 쏟을 곳이 필요했다.

이 바람에 호운 선생님이 응한 걸까.

논문 종반부에는 여러 실험의 경위와 고찰, 그리고 결론이 충실히 기재되어 있었는데, 내가 주목한 것은 신체 밖에 있는 마력을 사용하는 실험이었다.

엘프나 드워프가 사용하는 정령 마법을 재현하는 게 목적이었다.

고찰을 읽고서 착안점이 흥미롭다고 생각했다. 그러나 정령 마법은 정령의 힘을 빌리는 방식이다. 이 방식으로는 실패할 게 뻔했다.

아니나 다를까 실험 실패와 소실, 폭발 같은 문자들이 많이 적혀 있었다.

다만 놀라운 점이 있었다. 실험이 모조리 실패한 건 아니었다.

논문에는 마석에서 마력이 눈에 보일 만큼 농후하게 뽑아낸 공간에서는 마법이 성공했다는 기록이 있었다.

"'그 결과, 우리는 몸 밖에 있는 마력에 간섭할 수 있음을 알게 되었다. 그러나 외부 마력에 간섭할 수가 있어도 정령 마법은 물론이거니와 신체도 기존보다 더 강화되지 않았다'……. 으음?"

논문의 결론에는 체외의 마력에 간섭할 수는 있으나, 그걸 사용하려면 마력 제어 스킬에 의존해야 하는 것 같다는 불분명한 말이 적혀 있었다.

그리고 마지막 비고란에 '속성에 적성이 없는 자가 다른 사람의 마력에 간섭하여 속성 마법을 발동할 수 있도록 하기 위한 연구에 착수하겠다'고 기재되어 있었다.

"'어느 속성에 적성이 없더라도 속성 마법을 발동시킨다'……? 구조적으로 보면 마도구와 동일하네."

실험, 결과와 고찰, 결론을 이토록 알차게 적어놔서 더 읽고 싶어졌다.

나는 이 시리즈의 속편이 있으리라 짐작하고서 곧바로 마도서고를 돌아다니며 살펴봤지만, 눈에 띄는 곳에는 없었다. 한동안 계속 찾아봤지만 발견하지 못했다.

"어떤 이유로 연구를 할 수가 없었던 걸까?"

꽤 재미난 내용이긴 하지만, 여러 차례나 실패를 했고, 눈에 보일 정도로 강력한 마력을 내포하고 있는 마석까지 마련한 것으로 보아 실험하는 데 자금을 꽤 쏟은 듯하니…….

그나저나 흥미로운 내용이었다. 덕분에 시도해보고 싶은 것들을 여러모로 발견했다.

스승님과 라이오넬은 내가 성속성 마법을 잃어버린 것에 책임을 느끼고 있을 테니 나에게 가만히 멈춰 있을 시간은 없다. 실마리가 될 법한 논문이나 서적이 있다는 것도 알았으니 이제는 전력을 다할 뿐이다.

그렇다면 내가 해야 할 일은 호운 선생님에게 기원하면서 이 마도서고에서 관심이 가는 논문이나 서적들을 찾는 것이다.

그리하여 나는 신경이 쓰이는 서적들을 하나씩 모아나갔다.

"저기, 루시엘 님, 그 산더미 같은 책들은?"

도중에 나디아가 곤혹스러운 얼굴로 말을 걸었을 때는 두 손으로 들 수조차 없는 양으로 불어나 있었다.

"아하하…… 좀 많나."

나는 내용을 보지도 않고 책들을 모았다는 것을 얼버무리고자 웃었다.

"오늘 안에 다 읽지 못할 것 같은데요? 게다가 마법과는 관계가 없는 서적이나 논문까지……. 무슨 일 있으신가요?"

"루시엘 님, 몸을 움직여보죠. 분명 기분 전환이 될 겁니다."

아마도 두 사람의 눈에는 기행처럼 비쳤나 보다. 나디아는 조바심을 내는 게 아닌지 걱정하고 있고, 리디아는 기분 전환을 하자고 권했다.

생각해보니 그란돌에서 처음으로 인연을 맺은 뒤로 두 사람과 알고 지낸 시간이 짧다. 그란돌에 있었을 때는 미궁에서 줄곧 수행했기 때문에 변변히 대화를 나눌 기회가 없었다.

그러니 의사소통이 잘 안 되는 게 당연한지도 모르겠다.

어쩌다 보니 네르달까지 동행하긴 했지만, 나 역시 두 사람에 관해 아는 게 거의 없으니까.

좋아. 앞으로는 내 생각을 말로써 확실히 전하자.

"실은 아까 마음에 걸리는 논문을 찾아냈어. 우연히 눈에 들어오길래 집어서 읽어봤더니 흥미롭더라고."

"그래서 눈에 들어오는 책들만 모으신 겁니까?"

"……마음을 모르는 바 아니지만, 너무 많나요?"

"여긴 제목은 그럴듯한데 내용은 형편없는 경우가 많더라고. 그래서 차라리 직감으로 고르기로 했지."

두 사람이 황당하다는 표정을 지었지만, 내가 포기하지 않았기에 아무 말도 하지 않았다.

별수 없지 않은가. 두 사람이 여러모로 찾아주고는 있지만, 이렇다 할 정보는 나오질 않고 있다. 차라리 이게 나을 수도 있다.

"뭔가 계기를 찾을 것 같은 느낌이 들어서. 직감이 말하는 대로 따라가는 게 나을 것 같아. 좀 많지만."

뭐, 물론 좀 많이 가져오기는 했다. 자리에 다 읽지도 못할 책을 잔뜩 쌓아놓고 있자니 살짝 창피해졌다.

"어떤 내용입니까? 저희는 아직 아무런 수확이 없어서……."

"저도 아직 아무것도 못 찾았어요……."

두 사람 모두 열심히 찾아줬겠지. 조금 지친 듯 보여서 티타임을 제안했다.

"슬슬 쉬도록 할까. 여기서는 음식물을 먹으면 안 될 테니 일단 방으로 돌아가자."

"루시엘 님, 오늘 저녁은 어떻게 할까요?"

리디아가 조금 망설이듯 물었다.

그러고 보니 식사 준비도 해야 하는구나.

아직 재료 창고에 있는 물품들을 확인 못 했는데. 그냥 저녁도 만들어 둔 걸로 해결하자.

"……만들어 놓은 음식을 먹자. 재료 창고에 있는 건 나중에 쓰고."

"그렇다면 저녁까지 시간 여유가 있으니 원하는 책을 찾아볼게요. 정령 마법에 관련된 자료들을 찾아보고 싶습니다."

"저도 직업 때문에 포기한 마력을 활용할 방법을 모색해보겠습니다."

두 사람이 의욕을 보여서 조금 기뻤다.

"두 사람한테 차 대신에 사탕을 줄게."

""사탕 말인가요?""

두 사람 모두 당분이 필요한지 바로 다가왔다.

그 기세가 드세서 조금 놀랐다.

"아, 어어. 옛날에 벌꿀로 만든 시험작이 남아 있는데, 먹을 기회가 별로 없어서."

""감사합니다.""

나디아와 리디아가 마치 쌍둥이 같은 싱크로율로 바짝 다가왔다. 그리고 나에게서 받은 벌꿀 사탕을 입에 넣더니 순식간에 피로가 회복된 것처럼 아주 환하게 웃었다.

그 웃음을 보니 왠지 나도 치유 받은 듯한 기분이 든다…….

역시나 치유사 직업을 잃은 뒤로 감정 기복이 심해진 듯하다. 감정이 표정으로 노골적으로 드러나는 경우도 잦아진 것 같고…….

앞으로 이것이 어떻게 표면화될지 생각만 해도 불안했다.

06 예감

결국 그 뒤로 줄곧 서적이나 논문에서 마음에 걸리는 대목을 양피지에 옮겨 적으며 시간을 보냈다.

그러나 그 논문 이상의 성과는 거두지 못했다. 모아온 서적들을 한바탕 훑어봤을 즈음에는 마도서고 안으로 새어들었던 빛이 어느덧 사라지고, 마도구 조명이 실내를 환하게 비추고 있었다.

"둘 다 고생했어. 오늘은 이쯤하고 식사하자."

""예.""

나디아는 대답을 하면서 깍지를 낀 채로 기지개를 켰고, 리디아는 책상 위에 엎어졌다.

내가 모아온 서적이나 논문이 다 합쳐서 50권이 넘는다. 그중에서 왠지 눈에 밟혔던 책에서만 유용한 정보가 나왔다.

그 정보들은 하나의 맥락으로 체계화되어 있지 않았다. 모든 정보가 조금씩 조각나있는 상태였기에 모아서 정리하는 데 시간이 많이 들었다.

"식당에 가는 것도 귀찮으니 내 방에서 먹어도 괜찮을까?"

""알겠습니다.""

그렇게 제안하자 두 사람이 바로 승낙해줬다.

"일단 모든 책을 원래 위치로 되돌려놓자. 나중에 또 찾으려면 위치를 기억해두는 편이 나을 테니까."

“그렇게 하는 게 좋겠네요. 다음에 이용할 분을 위해서 깨끗하게 치워두도록 하죠.”

“사소하긴 해도 내가 당해서 불쾌한 일은 남한테도 하지 않는 편이 나으니까요.”

“미움을 받는 건 어쩔 도리가 없지만, 그래도 최소한의 매너를 지키면 트러블도 줄어들겠지. 자, 오늘은 사서도 없는 곳에서 둘 다 열심히 해줬으니 저녁밥을 먹을 때 벌꿀도 내놓도록 할게.”

“어서 정리하도록 하죠.”

“힘이 솟네요.”

두 사람이 즐겁게 정리를 시작하자 나도 두 사람을 따라 치우기 시작했다.

그나저나 우애가 깊은 자매네.

귀족 영애였으니 거만하게 행동할 만도 한데 전혀 그렇지 않다. 둘 다 열심히 조사해준 듯하여 호감이 느껴진다. 모험가가 되었다는 것 역시 보통 영애와는 다르긴 하지……. 그 ‘백랑의 핏줄’에게서 가르침을 받았을 정도이니.

뭐, 루미나 씨를 포함하더라도 전형적인 귀족 영애와 만난 적도, 접한 적도 아직 없긴 하다. 모두 제국에는 자못 영애다운 영애가 있다고들 하니 블랑주 공국이 특수한 걸까?

그런 생각을 하는 사이에 정리가 끝났다. 두 사람이 자료를 정리해둔 양피지는 모두 내가 맡기로 했다.

오랜만에 눈을 혹사하고 머리를 썼기 때문에 오늘 저녁은 조금 거하게 먹을 생각이었다.

방으로 가는 동안에 그 누구와도 맞닥뜨리지 않았다. 융단이 깔려 있지 않아서인지 발소리만이 공연히 크게 울리는 야밤의 복도가 조금 으스스했다. 그러니 다행히도 등불이 커져 있어서 무섭지는 않았다.

"둘 다 눈치챘어?"

"예. 3명입니다."

"정령 마법, 이미 준비했습니다."

마도서고를 나서자마자 근처에 느껴지던 마력이 흔들리다가 사라졌다. 그러나 정작 인기척은 감추지 못했다.

마법 실력은 우수하지만, 전투를 생업으로 삼고 있는 자들은 아닌 듯하다.

일단 배후를 경계하며 걸으면서 대화를 이어나갔다.

"악의는 없는 것 같긴 한데, 둘은 어떻게 생각해?"

"저는 방치해도 문제없습니다. 그나저나 불과 몇 개월이긴 했지만, 미궁에서 함께 수련한 성과가 이 정도일 줄이야……. 정말로 놀랍습니다."

"자기 딴에는 잘 숨었다고 생각하고들 있을 텐데, 참 애잔하네요. 올포드 공의 지시일까요?"

"그 사람이 이렇게 쉽게 발각될 감시꾼들은 붙여두지는 않겠지. 일단 악의는 없는 것 같으니 조금 지켜보자."

"""예."""

그러나 그들은 성 슈를 공화국에 할당된 구역에까지 따라왔다. 보통은 경비나 직원이 막을 테지만 지금은 없으니까 제지할 사람이 없었다.

이 이상 따라오게 둘 수는 없겠다 싶어 나는 대응하기로 했다. 그러나 그들이 먼저 우리에게 말을 걸었다.

"저기, 혹시 바크레이 자작가의 나디아 씨와 리디아 씨 아닌가요?"

우리를 쫓아왔던 사람은 모두 여자였다. 말을 건 여성을 나머지 두 사람이 수행하고 있는 듯했다.

셋 다 아직 젊어 나디아와 리디아와 동년배로 보였다.

나디아와 리디아의 지인인가?

어쩌면 블랑주 공국의 귀족일지도 모르는데 어떻게 대응해야 좋을까? 나는 조금 당혹스러워서 두 사람 쪽으로 시선을 돌렸다.

"귀하는…… 메인리히 백작가의 에리나스 님이군요. 오랜만에 뵙습니다."

"에리나스 님, 오랜만에 뵙습니다."

보아하니 두 사람의 가문보다 더 격이 높은 가문 사람인 모양이었다. 그렇다면 블랑주 공국 사람이려나. 나는 자세한 사정을 모름으로 형식적인 인사만 했다.

그 태도가 신경에 거슬렸는지 뒤에 대기하고 있던 측근이 나를 째려봤다. 그러자 에리나스가 손을 들어 올려 제지했다.

자세가 아주 그럴싸한 것이 평소에 자주 하는 행동인지도 모르겠다.

"두 사람이 어떻게 네르달에?"

그 여자는 날 무시하고 두 사람에게 말을 걸었다. 우리를 줄곧 미행했다면, 이 둘이 나를 수행하는 신분이라는 걸 알았을 텐데도 날 건너뛰는 건 다소 부자연스러운 상황이었다.

아니면 당연한 걸 알아채지 못할 만큼 여유가 없나? 결혼하지 않은 귀족 영애는 남성에게 말을 걸어서는 안 된다거나?

만약 그런 전통이 있다면 나도 앞으로는 조심해야 하는데.

뭐, 인사도 받아주지 않는 것으로 보아 사려가 깊지 않은 사람인 듯하지만, 네르달에 와 있는 것으로 보아 마법 혹은 마도구 개발에 정통한 우수한 사람일지도 모른다.

"여기 계신 분을 따라 공부하고자 왔습니다."

"하나 에리나스 님, 저희가 신분을 버렸다고는 하나, 윗사람께 인사하지 않는 건 너무 무례하신 게 아닐지요?"

나디아와 리디아는 그들이 날 무시한 사실을 지적했다.

저기 그런데, 제 신분이 타국 귀족보다도 위에 있는 겁니까?

두 사람의 말에 에리나스 일행의 표정이 굳었다.

줄곧 우리를 따라다니며 말을 걸 시기를 찾고 있었던 것 같은데, 사정이 있겠지. 긴장했거나, 도움이 필요하거나, 두 사람을 여기서 본 게 너무 뜻밖이었거나.

어쨌든 여기서 말다툼하는 건 피하고 싶은데. 내가 먼저 나서야 하나.

그러나 에리나스 씨가 한발 먼저 사태를 깨닫고 나를 향해 사과했다.

“무례를 용서해주세요. 전 블랑주 공국의 북동부 일대를 다스리는 영주 리카루스 폰 메인리히 백작의 차녀인 에리나스 메인리히라고 합니다. 혹, 존함을 여쭤도 될는지요?”

에리나스 씨는 치맛자락을 들며 우아하게 인사를 했다.

나는 그녀의 드릴처럼 말린 금발과 말투에서 순간 엘리자베스 씨를 떠올렸다.

“백작가의 영애이셨군요. 저는 성 슈를 공화국 교회 본부, 교황님 직속 치유사인 루시엘이라고 합니다.”

그 순간 에리나스 씨 일행의 얼굴이 다시 굳었다.

“……괜찮습니까?”

“호, 혹시, S급 치유사라는 그 루시엘 님인가요?”

“S급 치유사는 저뿐이니 아마도 그렇겠죠.”

그러자 에리나스 씨의 측근들까지 흥분하여 질문했다.

“치유사의 몸으로 용까지 쓰러트렸다는 말이 사실인가요? 진짜 그 영웅 루시엘 님입니까?”

나는 연이어 나오는 ‘그’라는 표현에 정신이 아득해졌다.

대체 블랑주 공국에 어떤 별명이 퍼졌길래. 무서워서 물어볼 수가 없다.

“그럼 네르달에 오신 것도 누군가의 치유 목적이신가요?”

"아뇨, 성속성 마법 공부를 끝마친 뒤 다른 속성에도 적성이 있음을 알게 되었는데, 교황님께서 네르달에서 마법을 공부하는 게 좋겠다고 배려해주셔서 오게 되었습니다."

말이 나온 김에 블랑주 공국에서 어떤 별명이 퍼졌는지 알려주면 좋겠는데…….

그런 생각이 머릿속에서 떠오르긴 했지만, 저들이 사소한 언행으로부터 내가 현재 성속성 마법을 쓸 수 없다는 것을 추측해내거나, 그 사실이 부지불식간에 드러나는 것은 피해야 한다.

뭐, 모든 일이 내 생각대로 잘 풀렸다면 애당초 성속성 마법을 잃지도 않았겠지만.

"아아, 그래요! 루시엘 님, 혹시 저희와 함께 식당에서 저녁 식사를 하시는 건 어떤가요?"

자못 좋은 생각이라는 듯이 에리나스 씨가 큰 목소리로 제안했다.

대인 관계는 중요하지만, 지금은 좀 지친 상태라 흥분한 에리나스 씨를 대하는 것이 무척 괴로웠다. 솔직히 조금 성가시다는 생각도 들었다.

이런 꼴로 초면인 사람들과 식사하는 건 피하고 싶었다.

"블랑주 공국의 백작가 영애께서 이렇듯 식사를 권해주시니 영광입니다."

"그렇다면……."

그 말을 듣고서 기뻐하려는 찰나에 찬물을 끼얹는 것 같아 미안하긴 하지만, 말을 끊어버리기로 했다.

"말씀은 감사합니다만, 저희는 오늘 네르달에 막 온 참이라 아직 정리해야 할 일이 많습니다. 후에 다시 날을 잡는 게 어떠실지요?"

기뻐했던 얼굴이 서서히 침울해지는 것을 보니 죄책감이 들었다. 그런데도 마음을 독하게 먹고서 거절했다.

"알겠습니다. 그렇다면 다음에 날을 잡도록 하시죠. 나디아 씨, 리디아 씨, 다음에 천천히 대화를 나누도록 해요."

에리나스 씨가 측근들 곁으로 돌아갔다.

그런데 발소리가 들리지 않는 걸 보니 장비나 마법을 사용하고 있는 듯하다.

"자, 갈까."

"""예."""

그 뒤로 아무도 말을 하지 않았다. 내 방에 들어가자마자 나디아와 리디아가 한숨을 크게 내뱉었다.

아마도 생각했던 것보다 더 긴장했던 모양이다.

"……긴장했습니다. 에리나스 씨는 옛날부터 동년배 중에서도 특별한 존재였습니다. 천재 마도사라고 불렸죠. 귀족들 사이에서 그 지략이 유명세를 떨치고 있고, 나이를 먹은 뒤에는 재원(才媛), 천재, 블랑주 공국의 지혜라고 평가받고 있습니다."

"다행히도 지난번에 루미나리아 님과 대면하여 대화를 나눈 적이 있었던지라 긴장하여 굳어버리지 않아서 다행입니다."

그렇구나. 굉장한 사람이구나.

그런데 그만한 명성을 얻은 사람이 어째서 네르달에 온 걸까? 블랑주 공국에는 인재가 남아도나? 아니면 에리나스 씨가 없으면 진행할 수가 없는 연구라도 있는 걸까?

그나저나 나디아와 리디아와 그저 대화를 나눴을 뿐인데 에리나스 씨의 압박감을 떨쳐낼 수 있도록 해준 루미나 씨의 존재는 대체…….

대단히 궁금하다……. 궁금하지만, 일단 저녁을 먹기 전에 물어봤다가는 둘 다 기진맥진해질 것 같다.

그래서 나는 블랑주 공국에서 네르달로 올 수 있는 기준이 무엇인지 물어보기로 했다.

"블랑주 공국은 우수한 자들을 네르달로 보내나? 아니면 뭔가 특수한 연구를 위해서 선발하는 건가?"

"우수한 건 당연한 조건이죠. 하지만 에리나스 님이 네르달을 방문한 건 원래는 있을 수가 없는 일입니다."

"나디아가 그렇게까지 단언할 줄이야. 블랑주 공국 내에 뭔가 변화가 생겼는지도."

두 사람이 블랑주 공국을 떠난 지 적어도 1년 이상은 지났으니 무언가 변화가 생겼더라도 이상하지는 않겠지.

"분명 그럴 거예요. 천하의 에리나스 님이 직접 움직였다는 것도 위화감이 들긴 하지만, 우릴 쫓아온 뭔가 이유가 있을 듯합니다."

"리디아의 말처럼 우리를 쫓아온 이유도 의아하긴 한데, 전 왠지 잠복하고 있었던 것처럼 느껴졌습니다."

"우리가 마도서고에서 나오기를 기다리고 있었다? 우리와 접촉하는 게 목적이었다는 건가? 근데 식사를 거절했더니 순순히 물러나던데……. 근데 리디아는 왜 그렇게 이맛살을 찌푸리고 있는 거야?"

"정령 마법사 직업이 발현되었을 때 에리나스 님을 딱 한 번 뵌 적이 있었습니다. 그런데 그때 '정령한테 부탁하지 않으면 마법을 발동할 수가 없구나' 하고 비웃었습니다. 그래서 에리나스 님을 별로 좋아하지 않습니다."

아마도 긴장이 완전히 풀리면서 옛 생각이 떠올랐나 보다. 긴장해서 사고가 정지되는 것보다는 낫다.

"뭐, 사이좋게 지내라고까지는 안 하겠지만, 또 접촉할 일이 생길 테니 어른스럽게 대응해주길 바랄게."

"명심해두겠습니다. 어른이니까요!"

나디아는 냉정하고 침착한데, 리디아는 이렇게 아이 같은 면모가 있다. 그러나 저 명랑한 성격 덕분에 분위기가 딱딱해지지 않아서 고맙긴 하네.

그렇게 생각하면서 입구에 있는 조명 마도구를 켜자 실내가 대번에 환해졌다.

전생 때 묵었던 어느 리조트 호텔과 구조가 동일해서 조금 우스웠다. 그런데 조명 마도구는 모두 개별적으로 빛의 세기를 조절할 수 있을 뿐만 아니라 리모컨으로 조작할 수도 있다. 기술력에 감동하면서 저녁 준비를 시작했다.

마법 주머니에서 만들어진 요리를 꺼내 식탁에 올리기만 하면 되므로 금세 준비가 끝났다. 다양한 요리들을 만끽하면서 내일 일정에 관해 의논했다.

"내일은 우선 식당……이 아니라 재료 창고 정리부터 시작하자. 그걸 마치면 오늘에 이어서 또 마도서고에서 정보를 조사하여 유용한 정보들을 모으려고 해. 그리고 점심을 먹고서 오후부터 훈련장에서 마법 수련을 하면서 몸을 움직이기로 하자."

""……예.""

두 사람이 왠지 건성으로 대답하는 듯했다. 걱정되어 말을 걸었다.

"어디 기분이라도 안 좋아? 아니면 스케줄을 변경하고 싶어?"

그러나 두 사람이 건성으로 대답한 이유는 전혀 다른 것이었다.

"루시엘 님, 이 벌꿀수는 이상합니다."

"이건 벌꿀수로 인정할 수가 없습니다."

나디아와 리디아가 벌꿀수에 불만이 있는 듯하다. 나는 맛있다고 생각하는데…….

"내가 아는 벌꿀수는 이게 맞는데?"

그렇게 말하자 두 사람이 몸을 부들부들 떨기 시작했다.

이 이외의 벌꿀수는 모르기에 당혹스러울 뿐이었다.

"이게 얼마나 가치가 있는지 아시나요? 이 맛은 대체 뭔가요."

"마력이 용솟음치는 느낌이 들어요. 이건 단연코 벌꿀수가 아닙니다."

아마도 너무 맛있었나 보다. 문제가 있는 게 아니라 다행이다.

그러고 보니 두 사람에게 이에니스에서 어떤 활동을 했는지 알려준 적이 없었네. 그란돌에서는 줄곧 수행의 나날을 보냈던지라 벌꿀 같은 기호품은 금지였고.

두 사람은 벌꿀수가 들어 있던 텅 빈 컵을 보면서 꿈쩍도 하지 않았다.

"……더 있는데 마실래?"

""주세요!""

그 뒤로 두 사람에게서 이번에 제공한 벌꿀수뿐만 아니라 벌꿀이 얼마나 귀중한 것인지…… 장황한 설명을 들어야만 했다.

아무래도 내 가치관이 마비되어 있었던 듯하다.

발키리 성기사대가 기뻐하기에 평소에 선물로 주곤 했는데, 설명을 듣고서 희소가치가 대단히 높다는 것만은 이해했다.

그리고 이상하게 흥분한 두 사람의 모습을 보면서 앞으로도 하치족을 부당하게 대우하지 말자, 그리고 쭉 공존해나갈 수 있도록 전력을 다하자고 결심했다.

그나저나 네르달에 온 첫날부터 이렇게나 많은 이벤트가 발생할 줄이야. 내일부터 더욱 다양한 사건들이 벌어지는 게 아닐지 불안해지네.

되도록 성가신 사건에 휘말리지 않도록 해달라고 호운 선생님과 패운 선생님, 그리고 운명의 신께 기도를 올렸다.

07 노력하는 자세

나디아와 리디아가 하치족의 벌꿀과 벌꿀수가 얼마나 희소한지 열변을 토했다. 그러나 시간이 지나면서 냉정을 서서히 되찾았는지 결국에는 얼굴이 새빨개져 본인들의 방으로 돌아갔다.

그 사이에 벌꿀수를 다섯 잔이나 더 마셨는데 배가 괜찮을지 모르겠네……. 뭐, 줄곧 웃고 있었으니 정신적인 피로는 걱정할 게 없겠지.

뭐, 의존하게 될지도 모르니 앞으로는 자제하는 편이 나을지도 모르겠다…….

"설마 벌꿀수가 중급 마력 포션급의 회복력을 갖고 있을 줄이야. 올포드 씨한테 줬던 벌꿀도 거래 조건으로 이용하는 편이 나았을지도 모르겠네……."

시세를 잘 모르고, 앞으로 오랫동안 신세를 지게 될 사람인지라 선물을 줄 필요가 있었으니 후회는 없긴 하지만.

나는 설거지를 하면서 그렇게 생각했다.

그 사이에도 역시나 레인스타 경답다고 생각한 것들이 많았다.

부엌이 넓고 사용하기 편할 뿐만 아니라 수도 역시 수온을 조절할 수 있게 되어 있다.

더욱이 욕조와 화장실이 고급 호텔 수준일 뿐만 아니라 따로 분리된 걸 보니 어떤 고집마저 느껴졌다.

이렇게나 쾌적하니 네르달을 떠나서 생활할 수 없게 될까 봐 무섭다.

레인스타 경이 여러 신념을 고수하면서 이 네르달을 만들었다고 생각하니 절로 고개가 숙여진다.

쾌적한 공간은 그야말로 정의(正義)다.

그 후로 나는 따뜻한 물이 채워진 욕조에서 몸을 느긋하게 담근 뒤 따끈한 벌꿀수로 수분을 보충하고 나서 침대로 뛰어들었다.

침대가 너무나도 푹신푹신해서 무심코 데굴데굴 구르고 말았다.

잠자리 들기에는 아직 일러서 두 사람이 정리해준 자료를 마법 주머니에서 꺼내 훑어보기로 했다.

나디아는 마법 속성 적성에 관해 조사해줬다.

아주 예쁜 글씨체로 쓰여 있어서 읽기가 편할 뿐만 아니라 내용 역시 충실하게 정리된 듯했다.

그러나 눈여겨볼 만한 정보는 기재되어 있지 않았다.

다음에는 리디아가 조사해준 영창에 관한 자료를 훑어봤다. 영창하는 문언(文言)을 틀려서 마법이 발동하지 않았던 사례가 옛날부터 여러 건이나 있었다고 적혀 있는 걸 보고 놀랐다.

그 이유는 내 경우에는 이미지가 확실하게 구축된 마법은 문언을 적당히 꾸미더라도 발동이 되었기 때문이다.

어떻게 영창하는지에 따라 마법의 세기나 마력 소비량이 달라질 수도 있는 걸까? 이 부분은 자세히 조사해본 적이 없으니 마법을 되찾게 되거든 알아보도록 할까.

그 이외에는 눈에 띄는 정보가 없었다. 뭐, 진귀한 연구나 논문을 찾았다면 둘 다 나에게 알려줬을 테지.

"아직 첫날이니 성과가 없더라도 별수 없나……."

여러모로 조사해나가면서 지식을 축적해나가자.

머릿속에 정보들을 쌓아두면 고민하다가 분명 무언가 번뜩이는 게 생기겠지. 어떤 지식이 해결의 실마리로 이어질지 알 수가 없으니까.

그렇게 속으로 자신을 타이르면서 이번에는 내가 모은 자료를 훑어나갔다.

마법이 발동되는 과정을 분해하여 살펴봤다. 마법이 발동되기 위한 조건은 속성 적성, 마력량, 마력 변환, 세 가지로 나뉜다.

속성 적성은 발동하고자 하는 마법에 적합한 속성을 말하고, 마력량은 투입하는 마력의 양, 마력 변환은 투입한 마력을 마법이라는 형태로 승화시키는 것이라고 한다.

현재도 속성 적성을 보유하고 있고, 마력도 투입할 수 있으니 마법이 발동되어야 하는 거 아닌가?

그렇다면 마력을 변환할 수 없어서 마법이 발동되지 않는 걸까? 아니, 그 논리라면 애당초 무영창으로 왜 마법이 발동되었는지 모르겠다.

아니면 변환에 몇 가지 종류가 있는 걸까? 처음 보는 마법일지라도 이미지만 확고하다면 무영창으로 발동할 수 있는 걸까?

나는 다시금 리디아가 정리해준 자료를 훑어봤다. 한 번 이상 발동한 적이 있는 마법만을 무영창으로 발동할 수 있다고 적혀 있었다.

다만 극히 드물긴 하지만, 이미지가 완벽한 경우에 한정하여 발동해본 적이 없는 마법을 무영창으로 발동하는 데 성공한 사례가 있다고 한다.

"실험과 사례가 너무 적어서 뭐라고 단정 지을 수가 없네……. 어라? 근데 뭔가 새로운 마법을 만들어낼 수 없을까, 하는 생각으로 시행착오 끝에 성공한 적이……."

불과 얼마 전 일이건만 생추어리 배리어와 생추어리 아머를 개발하기 위해 시행착오를 했던 경험마저도 과거의 일이랍시고 묻어두고 있었다.

스스로가 너무 어리석어서 어이가 없을 지경이지만, 지금은 자책하기보다는 마법을 개발했던 그 당시를 떠올려보자.

사신과 맞닥뜨리더라도 어떻게든 살아남자는 일념으로 생추어리 서클을 응용하여 이미지를 굳혀나갔었지.

성공을 거뒀을 때는 새로운 마법을 구사하여 이 세계에서 인정을 받아보자고 되뇌며 마법의 완성형을 이미지하면서 체내 마력을 방출하여 외부 마력에 간섭함으로써 변환했던 듯하다.

물론 한 번에 성공하지 않았다. 영창 형식을 몇 번이나 바꾸면서 이미지를 선명하게 굳혀나갔다.

그런데 이미지가 선명해진 이유까지는 잊어버렸다.

성속성 마법인 리바이브의 성공률을 끌어올리는 데 필요하다고 어디선가 봤던 기억이 있다. 그런데 어디서 봤는지 머릿속에서 완전히 누락되어 있다.

"그 감각을 되찾을 수 있다면 노력 여하에 따라 최강의 마법사가 될 수 있을지도……. 무슨 애냐."

아마도 정신적으로 지쳤는지 망상이 조금 심하다……. 꿈이기는 하지만.

뭐, 속성 적성은 있긴 하지만, 어떤 마법을 발동할지 고민하기는커녕 그 어떤 마법도 발동하지 않는 게 현실이니 꿈이긴 꿈이지.

진척을 보아하니 시간이 꽤 걸릴 듯하다. 나디아와 리디아에게 도와달라고 하기에도 미안하니 역시나 여러 가지를 흡수할 수 있도록 흥미가 있는 것을 조사케 하거나, 좋아하는 책을 읽게끔 해야겠다.

힌트는 나를 번뜩이게 했던 그 논문 속 그것. 마력을 흘리면 마법이 발동되는 마도구겠지.

잘만 된다면 성속성 마법을 자유자재로 구사할 수 있게 될지도 모른다. 그 연구가 성공한다면 더 이상 속성에 구애받을 필요가 없어질지도 모른다.

그건 그것대로 조금 섭섭하기도 하지만, 평화롭게 살 수 있다면 나는 그것으로 족하니까.

그런 생각을 하다 보니 어느덧 눈꺼풀이 서서히 무거워지기 시작했다. 나는 저항하지 않고 의식을 놓아버렸다.

이튿날 눈을 뜬 나는 평소처럼 침대 위에서 좌선하면서 마력 조작에 집중했다.

지금은 마력이 체외로 흘러나가지 않도록 마력을 제어하는 훈련을 할 수가 없다.

이미 습관처럼 굳어버린지라 마력 제어 훈련을 하질 못해서 묘하게 찌뿌둥한데…….

그렇게 아침부터 조금 부정적인 생각에 빠지려고 했을 때였다.

누군가가 방문을 경쾌하게 노크했다.

"나디아와 리디아인가? 조금 이르네. 그러고 보니 시간을 안 정해놨구나……."

그렇게 중얼거리면서 문으로 향하니 바깥에서 올포드 씨의 목소리가 들려왔다.

"루시엘 공, 일어났나?"

"예."

문을 여니 올포드 씨가 양피지 다발을 안은 채로 활짝 웃으며 서 있었다.

"오옷! 루시엘 공, 좋은 아침일세."

"좋은 아침입니다. 올포드 씨, 아침 일찍부터 어쩐 일이십니까?"

"그게 말일세~, 어제 루시엘 공 일행이 훈련장에서 마법 수련을 열심히 하는 모습을 보고서 뭔가 도울 게 없을까 나름대로 생각해봤네. 게다가 그런 고급 벌꿀까지 받아놓고서 보답을 하지 않는다면 염치가 없지 않겠나?"

올포드 씨가 그렇게 말하고서 양피지 수십 장을 나에게 건넸다.

나는 반사적으로 양피지 다발을 넘겨받고서 가장 위에 있는 양피지를 내려다보니 글씨가 빼곡히 적혀 있었다.

더욱이 양피지가 새것처럼 보인다. 글씨가 쓰인 지 얼마 지나지 않은 듯했다.

"이거 설마 절 위한 자료입니까? 이걸 올포드 씨가 만들어주신 겁니까?"

"시간이 좀 걸리긴 했네만."

"고맙습니다. 정말로 감사합니다. 그나저나 이건 무슨 자료들인가요?"

"어제 훈련장에서 세 사람이 어째서 마법을 발동하지 못했는지 내 나름대로 고찰과 대책을 적어봤네."

올포드 씨의 얼굴을 유심히 살펴봤다. 어제처럼 온화하게 웃고는 있지만, 잠이 부족했는지 얼굴이 조금 창백하다는 것을 알아차렸다.

아무래도 나는 치유사 능력을 상실했다는 사실이 들통나지 않도록 은연중에 대하는 상대마다 마음의 벽을 쌓았을 뿐만 아니라 의심하기까지 했나 보다. 올포드 씨는 사정을 어느 정도 알고 있고 교황님께서 믿고서 나를 맡긴 상대다. 그러니 치유사로서의 힘을 되찾기 위해서 가장 믿어야만 했건만…….

그렇게 생각하니 미움을 사더라도 할 말이 없는 태도를 보였음에도 이렇게 힘을 빌려줘서 정말로 고마웠다.

나는 올포드 씨를 의심했던 자신을 창피해하면서 어제 물어보지 못했던 질문을 하기로 했다.

"……어제 그저 지켜보기만 하고 지도해주시지 않은 건 뭔가 생각이 있어서였습니까?"

"으음. 서로 신뢰가 없는 상태에서는 조언한들 정보가 제대로 전달되지 않는 경우가 있다네. 어제는 셋 다 왠지 초조해하는 기색이 역력해서 마음껏 수련하도록 내버려 두기로 했지."

"여러모로 죄송했습니다."

"아니, 아닐세. 세 사람의 능력과 성격을 확인하기 위한 시간이 필요했네. 그리고 파악이 돼서 다행이구먼."

넘겨받은 양피지 다발은 대충 헤아려 봐도 50장은 되는 듯했다.

글을 이렇게나 쓰려면 시간이 얼마나 걸릴지.

어쩌면 밤을 꼬박 새웠는지도 모른다.

애당초 교황님께서 신뢰하는 상대이니 의심할 필요가 없었다.

왠지 반성할 것이 자꾸 늘어만 간다. 이 잘못을 반성하고서 확실히 교훈으로 삼지 않으면 모든 사람이 실망할 듯하다. 비굴하게 더 자책해본들 소용없으니 모처럼 조사해준 내용을 조금이라도 잘 활용하는 게 내가 할 수 있는 최선의 보답이겠지.

"올포드 씨, 정말로 고맙습니다. 이 자료들을 잘 활용해보겠습니다."

"우선은 필요한 부분만 흡수하도록 하게."

"조언 감사합니다. 아, 다른 얘기이긴 한데, 이렇게 모처럼 와

주셨으니 가르침을 받을까 합니다."

"뭔가?"

"성속성 적성을 보유하고 있지 않더라도 성속성 마법을 쓸 수 있는 수단으로써 마도구를 이용할 수 있을까요?"

마력만 있다면 속성과 관계없이 사용할 수 있는 게 마도구이니까.

다만 내가 아는 한 성속성 마법을 다루는 마도구는 지금껏 본 적도, 들은 적도 없다. 그래서 밑져야 본전이라는 심정으로 물어봤다.

"재밌는 발상이구먼. 그 방법이라면 써먹을 수 있을지도 모르겠네. 거리에서 판매하고 있는 마도구 중에 비슷한 물건이 있을지도 모르니."

"그럼……."

"하나 설령 그런 마도구가 있다고 쳐도 성속성 마법이 발동되는 마도구를 제작하기는 어려울지도 모르네."

"그 이유는 성속성 마력을 보유한 마석이 없어서인가요? 아니면 뭔가 다른 요인이 있는 겁니까?"

만약에 성속성 마석이 없다는 게 유일한 문제라면 해결할 수 있다. 실은 이에니스에서 살았을 적에 폴라와 리시안이 실험해보고 싶다고 부탁해서 내 마력을 정화한 마석에 불어넣은 적이 있다.

폴라와 리시안이 최상급이라고 평가한 마석이 마법 주머니에 여러 개 들어 있다.

그러나 인생은 그리 호락호락하지 않은 듯하다.

"둘 다일세. 성속성 마석을 떨어뜨리는 마물은 없고, 설령 치유사 길드에서 성수(聖水) 등을 사용하여 성속성 마석을 제작한다고 해도 애당초 성속성 마법의 마법진을 해석하는 데 성공한 적이 단 한 번도 없다네."

분명 올포드 씨의 말대로다.

마법진 영창으로 성속성 마법을 여러 번 발동해왔지만, 그때마다 무슨 영문인지 마법진 속 문자나 기호가 미묘하게 바뀌어서 정확하게 파악할 수가 없었다.

다만 당시에는 그게 당연한 줄 알았고, 해석할 필요도 없었기에 조사하지는 않았다.

"꽤 괜찮은 아이디어인 줄 알았는데 마무리가 어설펐던 것 같군요."

"아니, 아닐세. 재밌는 발상이었고 착안점도 훌륭해. 만약에 괜찮다면 연구소에 속성을 부여할 수 있는 마도구 개발을 맡겨봄세. 언젠가 루시엘 공의 목적이 이루어질 날이 올지도 몰라."

역시나 어제와는 딴 사람처럼 보인다.

이것이 하치족의 벌꿀 효과인가? 아니면 원래부터 올포드 씨가 남 챙겨주는 걸 좋아하는 성격인지도 모르겠지만, 협력해주겠다니 그저 감사할 따름이다.

바로 그때 몸단장을 마친 나디아와 리디아가 옆방에서 찾아왔다.

""루시엘 님, 올포드 공(님), 좋은 아침입니다.""

"둘 다, 좋은 아침. 올포드 씨가 어제 마법 수련을 보고서 고찰과 대책을 정리해주셨어."

내가 기뻐하며 전하자 두 사람은 서로의 얼굴을 마주 보고 나서 올포드 씨에게 고개를 숙였다.

""감사합니다.""

"후오후오후오. 의욕이 있는 자라면 대환영일세. 아아, 그리고 딱히 자네들을 싫어하지는 않으니 안심하도록 하게나."

올포드 씨가 두 사람에게 가볍게 말하고서 악동처럼 웃어 보였다. 그러나 나는 그저 쓴웃음만 지었다.

올포드 씨가 어떻게 정보를 수집하고 있는지는 모르겠지만, 아마도 네르달에서는 아무것도 숨길 수가 없을 것 같네.

"보답은 아니지만, 함께 아침 식사를 하시겠습니까? 벌꿀수도 내놓겠습니다."

"꼭 부탁함세!"

어제 나디아와 리디아가 벌꿀수를 조심해서 취급하라고 주의를 시켰지만, 신세를 진 사람에게 대접하는 것이니 문제는 없겠지.

벌꿀수라는 이야기를 듣고서 신이 난 올포드 씨를 보니 저 사람에게는 물체X보다 하치족의 벌꿀로 흥정을 하는 편이 잘 먹힐 듯하다. 아니, 확신했다.

그 뒤로 우리는 식당으로 이동했다. 어제와 마찬가지로 마법 주머니에서 만들어 놓은 요리를 꺼내 탁자에 올려놓았다.

실은 오늘 아침부터 무언가를 만들까, 하고도 생각했지만, 올포드 씨의 상태를 보아하니 빨리 식사를 끝마치고서 자기 방으로 돌려보내는 편이 나을 것 같다고 판단했다.

올포드 씨는 아침밥을 다 먹고 벌꿀수를 만끽한 뒤 행복에 겨운 표정을 지으며 식당에서 나갔다.

식당을 떠나면서 올포드 씨가 한숨을 자고 나서 어제처럼 훈련장에 얼굴을 비추겠다고 말해줬다.

"자, 지금부터 예정대로 재료 창고를 정리할까 해. 올포드 씨한테서 받은 자료는 재료 창고를 정리한 뒤 마도서고에 가서 읽도록 하자. 오후에는 훈련장에서 마법 특훈을 하기로 하고."

""예.""

두 사람 모두 힘차게 대답해줬다. 그런데 나디아가 자문이라도 하듯 나직이 중얼거리기 시작했다.

"그나저나 올포드 공이 그저 남 챙겨주는 걸 좋아하는 노인이었을 줄이야……."

"전 말을 걸어오지 않아서 미움을 산 줄 알았는데 그렇지 않았나 보네요."

리디아도 나디아의 말을 듣고서 떠오르는 바가 있었겠지. 다만 두 사람이 올포드 씨를 경계한 것은 명백히 내 책임이다.

"두 사람은 날 위해서 경계해준 것이니 책임은 전적으로 내게 있어. 그러니 죄책감에 아파할 필요는 없어. 두 사람한테 폐를 끼치게 될 테지만, 혹시 모르니 앞으로도 경계는 해두도록 해."

"""예."""

그 뒤로 주방 안으로 들어가 설거지를 끝마쳤다. 드디어 창고를 열 때가 왔다.

"수십 년 전 식재료가 들어 있는 창고……. 시간이 정지되어 있다고 하지만, 쉽사리 열 마음이 들지 않는데."

전생 때도 업무용 냉동 창고 안에 반세기 전 고기나 십 년이 넘은 통조림 같은 게 묵혀 있다는 소리를 소문으로 들은 적이 있긴 하다. 그런데 막상 맞닥뜨리려고 하니 망설여지네.

"냄새가 심하지 않았으면 좋겠는데요."

"미지의 재료가 있을지도 몰라요."

두 사람은 미지와의 조우를 앞두고서 호기심을 억누를 수가 없는지 문 앞에서 안절부절못했다.

나는 그 모습이 우스워서 웃고 말았다.

"웃다니 너무하세요."

"루시엘 님, 웃지 말고 열어주세요."

"알았어. 그럼 연다."

내가 창고의 묵직한 문을 여니 상상과는 다른 세계가 펼쳐져 있었다. 그저 경악할 수밖에 없었다.

08 식재료 창고에 남은 흔적

"요, 용?"

문을 연 순간 몇 미터 앞에 파란 용종(竜種)으로 추정되는 머리, 아니, 얼굴이 이쪽을 쳐다보고 있었다. 나는 너무 놀란 나머지 굳어버렸다.

내 뒤에서 나디아는 검을, 리디아는 지팡이를 뽑고서 용의 얼굴 쪽으로 내밀었다. 나도 황급히 마법 주머니에서 환상검을 꺼냈지만, 무언가를 알아차린 듯한 나디아가 용의 얼굴 쪽으로 다가갔다.

"루시엘 님, 아무래도 이 용은 이미 죽은 듯합니다."

그 말에 냉정을 되찾고서 유심히 살펴보니 둥둥, 이라는 의태어가 들릴 듯이 용이 붕 떠 있었다. 더 정확하게 말하자면 창고 안에서 표류하고 있는 느낌이었다.

다시금 재료 창고 내부를 둘러보니 그 용뿐만 아니라 온갖 마물들이 마치 공중 유영을 즐기듯 공간에 뜬 채로 표류하고 있었다.

재료 창고라고 해서 여러 선반이 쫙 늘어서 있으리라고 상상했다. 너무 놀란 나머지 꿈을 꾸고 있는 게 아닌지 진심으로 의심했다.

"……내가 연 게 진짜 재료 창고의 문 맞나?"

그렇게 중얼거린 데에는 이유가 있다.

식재료 창고의 내부에는 밤하늘을 상상하여 만들었는지 마치 별하늘 속에 있는 것 같은 공간이 펼쳐져 있었다. 별이 등불 역할을 하고 있다. 다만 발을 내딛으려고 해도 바닥까지 별하늘이라서 추락할지도 모른다는 의식 때문에 좀처럼 안으로 들어갈 수가 없었다.

더욱이 그 공간에는 흉악해 보이는 마물들이 셀 수 없을 만큼 떠 있어서 꿈속에 있는 것만 같았다.

"살펴봐야만 알겠지만, 전부 식용 마물들 아닐까요?"

"실수로 이 안에 갇히면 그대로 죽는 거 아냐?"

"아뇨, 아마도 이 창고는 사람이 안에 있으면 문이 닫히지 않도록 설정되었다고 합니다. 문 뒤쪽에 붙어 있는 종이에 주의사항이 적혀 있습니다."

문 뒤쪽에 아직 새것처럼 보이는 종이가 붙어 있었다. 뭐, 시간이 정지된 공간이니 새것과 헌것을 굳이 구분하는 의미가 없지만.

"……그럼 들어가도 괜찮은가. 아니, 그래도 여기는 좀……."

솔직히 이 우주 공간에 들어가는 게 무서웠다.

그런 내 속내를 짐작한 나디아가 재미난 것이라도 본 것처럼 미소를 짓더니 아무런 거부감도 없이 창고 안으로 슥 들어갔다.

"어이, 제대로 살펴보지도 않았는데 그렇게 들어가면 위험하잖아!"

역시나 의미를 알 수가 없는 이런 방 안을 혼자 다니도록 내버려 둘 수는 없다.

"괜찮습니다. 뭐가 어디에 있는지 위치를 한바탕 파악하고 오겠습니다."

"아, 저도 다녀올게요. 루시엘 님은 만약을 위해 여기서 대기해 주세요."

리디아도 그렇게 말하고서 웃으면서 창고 안으로 들어갔다.

나는 떠나간 두 사람의 뒷모습을 보고서 스스로가 너무나도 꼴사나워서 바닥에 무릎을 꿇고는 용기를 더 냈어야만 했다며 자책했다.

그러나 호기심은 고양이를 죽인다는 속담이 있다는 걸 두 사람이 돌아오면 알려줘야만…….

이대로 아무것도 하지 않고 멍하니 있어봤자 시간 낭비라서 어쩔 수 없이 바깥에서 내부를 관찰하기로 했다.

공간에 떠 있는 마물에 시선이 자꾸만 가긴 하지만, 안쪽에 우주 공간과는 어울리지 않는 문이 여러 개가 보였다.

"문이 또 있다는 건……."

안쪽에 방이 있다고 추측해볼 수가 있다. 그러나 함께 안으로 들어가는 건 역시나 위험하다. 일단 내부 탐색은 두 사람에게 맡기기로 하고, 나는 문이 닫히지 않도록 주의하면서 올포드 씨에게서 받은 자료를 훑어보기로 했다.

어제 마법을 수련하다가 체내에서 뜨거운 김처럼 솟아올랐던 것은 마력인 게 틀림없다. 마력이 많았기에 눈으로 볼 수가 있었던 듯하다.

다만 어떤 요인 때문에 그 마력을 몸 밖으로 방출할 수가 없는 상태라고 적혀 있었다.

“과연. 신체를 강화하는 요령으로 마력을 방출했지만, 몸을 휘감기만 했던 이유는 마력이 마법으로 변환되지 않고 방류되었기 때문인가…….”

마력이 몸을 휘감고 있는 상태를 유지할 수 있다면 마력 내구력이 상승할까? 그렇다면 마법을 쓰는 적과 맞닥뜨리더라도 어떻게든 버텨낼 수 있을 듯한데 말이야.

어라? 그럼 난 어째서 마력을 환상지팡이로 흘려보낼 수가 있었던 거지? 마력을 환상지팡이로 흘려보낸 것에 무언가 중요한 힌트가 있을 것 같은 기분이 드는데…….

그런 생각을 하고 있으니 나디아와 리디아가 흥분한 얼굴로 창고 안에서 돌아왔다.

그것도 빅보어 한 마리를 둘이서 둘러메고서.

“빅보어……. 왜 둘러메고 왔는지 설명해줄 수 있을까? 게다가 둘 다 왜 크게 기뻐하는지 그 이유도……. 그 빅보어…… 되게 크지 않나?”

여태껏 빅보어를 사냥한 적이 있고, 먹은 적도 있긴 하지만 그보다 두 배쯤 더 거대한 듯했다.

“루시엘 님, 본 적이 없는 마물들이 잔뜩 있었습니다. 이것도 평범한 빅보어인 줄 알았는데, 실은 수십 년 전에 사라졌다는 환상의 빅포크입니다.”

상당히 잘 아네. 그런데 멧돼지가 아니라 돼지라고? 그보다 저게 왜 돼지야? 이 세계의 돼지는 오크잖아.

"……마물의 생태를 잘 모르는데, 이 빅포크는 오크나 빅보어와 같은 계통이라고 보면 되는 거지?"

"여러 설들이 있긴 하지만, 환경에 영향을 받아 오랜 세월에 걸쳐 상태가 변화했다고 합니다."

"빅보어처럼 공격적이지 않고 겁이 많은 성격이라서 경계심이 무척 강하다고 마물 도감에도 적혀 있습니다."

"그렇구나……. 조미료는 있으니 해체하여 마법 주머니에 쟁여두고 싶긴 하지만……. 안타깝게도 정화 마법을 쓸 수가 없어."

내가 말하자 두 사람이 낙담한 표정을 숨기지 않았다.

그러나 해체하여 깨끗한 주방을 피로 더럽히는 것은 왠지 내키지 않았다.

이럴 줄 알았다면 나를 지원해줄 치유사를 한 명 정도 동행시켜달라고 부탁할 걸 그랬나.

그러나 나와 함께 해줬던 조르드 씨는 현재 치유사 길드 이에니스 지부에서 길드 마스터를 맡고 있으니 선뜻 부를 수는 없겠지.

네르달에 올 수 있는 인원수에 제한이 있으니 생각해본들 소용없나.

"그 빅포크를 먹는 건 내가 성속성 마법을 되찾은 뒤에나 가능할 거 같네. 안타깝지만 지금은 포기하고……. 나도 한 번 보고 올 테니 이 자료라도 보고 있도록 해."

""……예.""

두 사람이 노골적으로 실망하며 낙담했다. 나는 빅포크를 마법 주머니에 넣어뒀다.

나중에야 먹을 수가 있을 테지만, 가능하다면 프로 요리사에게 조리를 맡기는 편이 더 맛있게 즐길 수가 있겠지.

네르달에서 무조건 꼭 먹어야 하는 것도 아니니까.

그렇게 생각하면서 우주 공간 안으로 발을 내딛자 몸에서 무게가 상실되었다.

"이, 이거 위험한 거 아냐?"

발이 땅바닥에서 떨어졌을 뿐인데 어째서 이토록 안심감이 사라져가는 건지…….

저 두 사람은 어떻게 이 안에서 자유롭게 움직일 수 있었던 걸까? 앞으로 나아가려고 생각하니 몸이 평범하게 직진하기 시작했다.

"……혹시 내 뜻대로 이동할 수가 있는 건가!"

그 자유로움에 고양감이 솟아나는 게 느껴졌다.

그런데 그때 문득 두 사람이 안으로 들어갔다가 곧장 나오지 않았다는 사실이 떠올랐다. 그 사이에 문이 줄곧 열려 있었으니 재료 창고 내부의 시간도 바깥과 똑같이 경과했겠지.

그것은 이 공간에 부유하는 음식 재료들이 부패했을 가능성이 있다는 뜻이다. 나는 황급히 방으로 이어져 있는 것으로 추정하는 안쪽 문으로 이동하자고 의식했다.

"완전히 날고 있는 것 같네."

그런 진부한 소리를 중얼거리는 걸 보니 아마 나도 꽤나 신이 난 듯하다.

안쪽에 보이는 문은 모두 3개였다. 가장 오른쪽 문을 열어보니 대량의 조미료들이 종류별로 비치되어 있었다.

설탕과 소금, 고춧가루와 후추, 식용유, 게다가 된장과 간장까지 양이 꽤 많다.

"마술사 길드 직원이 이걸 만들었나? 그렇다고 하기에는 분명…… 설마."

조미료들이 너무 현대적이라서 위화감이 들었지만 일단 수색을 속행하기로 했다.

모처럼 기회이니 장유와 된장을 시식용으로 한 병씩 챙기자고 마음먹고서 마법 주머니에 넣었다.

그 밖에도 무슨 영문인지 케첩과 소스, 마요네즈까지 저장되어 있다는 걸 알고서 묘하게 흥분이 됐다.

"……케첩이나 소스들을 이렇게나 많이 만들려면 음식 재료가 꽤 많이 필요해. 게다가 시간과 노력을 들여서 만들었을 텐데 양이 거의 줄어들지 않았다는 건……."

나는 그 방을 조용히 나와 가운데 문을 열어보기로 했다.

그러자 이번에는 채소를 저장한 방이 나왔다. 수량이 심상치가 않았다.

"이래서야 채소 창고잖아."

식재료 창고에 마물과 채소가 이렇게나 많이 저장되어 있으니 전 세계에 식량 위기가 닥치더라도 1년 이상은 문제가 없을 듯하다. 한 사람이나 한 가정이 소비하려 한다면 수십 년은커녕 수백 년은 필요할 양이었다.

역시 레인스타 경 혼자서 모든 문제를 해결할 수 있지 않았을까.

나도 식량 위기가 벌어지더라도 대응할 수 있도록 이에니스 지하에 대비는 해두긴 했지만, 그 사람은 규모가 다르다.

이만한 힘을 갖고 있으니 평범한 영웅이 아니라 지상으로 내려온 신……. 현지신(現地神)으로 보더라도 이상하지 않다.

만인이 끊임없이 기대하며 압박감을 주는 환경 속에서도 결과를 계속해서 낸 걸 보면 레인스타 경의 삶은 역시나 용사였다고 할 수 있겠지.

뭐, 본인이 그것을 자각하고 있는지는 별개의 문제이지만…….

아니면 그런 압박감으로부터 몸을 숨기기 위한 곳이 네르달이었던 걸까?

채소는 이에니스에서 수확한 것을 대량으로 쟁여두고 있기에 품질을 확인하기 위해 소량만 마법 주머니에 담았다.

"자 그럼 마지막 방에 가볼까."

그리고 마지막 문을 별생각 없이 열고서 나는 또다시 경악했다.

"이공간에 있는 문 너머에 어째서 정글이 있는 거야."

문 너머에서 기다리고 있었던 것은 허리 높이까지 자라난 잡초와 천장이 보이지 않을 만큼 우거진 나무들이었다.

이에니스 지하에는 드란이 마개조한 기지가 조성되어 있고, 폴라가 유사 태양을 띄워 놓았다.

마찬가지로 록포드에도 지하에 도시가 조성되어 있어서 놀랐다.

그러나 여긴 근본적으로 수준이 다르다.

우선 시공 마법으로 유사 공간을 조성하여 고정해놨고, 그 안에 새로운 공간을 만들어냈다.

이미 공간을 창조해낼 수 있는 수준이니 신이라고 해도 과언이 아니다.

다만 이렇게까지 한 의미를 모르겠다.

어째서 이런 숲을 만들었을까? 이미 되돌아갈 마음이 사라진 나는 무언가에 이끌리듯 그 공간 안으로 발을 내디뎠다.

그 방 안에는 중력까지 느껴졌다. 왠지 안심감이 들었다.

숲속에는 바로 수확해도 되는 열매들이 여러 개나 열려 있었다.

"이 공간은 모르겠지만, 이 숲은 레인스타 경이 아닌 다른 사람의 손을 탄 것 같아……."

그 이유는 이만한 나무들과 식물들을 균형 있게 성장시킬 수 있는 건 엘프뿐이기 때문이다.

더욱이 레인스타 경이 조성한 공간에 간섭할 정도니, 이곳을 가꿔낸 인물이 누군지 쉬이 상상된다.

"교황님께 드릴 선물로 여기 열려 있는 과실이나 열매들을 가지고 돌아갈까."

그렇게 중얼거리고서 슬슬 돌아갈 때가 된 것 같아 주변을 둘

러봤을 때였다.

누군가가 부르는 듯해서 뒤를 돌아보니 다른 나무들의 보호를 받는 한 그루의 나무에 황금색 과실이 맺혀 있는 게 시야에 들어왔다. 그러나 내 시선은 그 황금색 과실이 아니라 그 안쪽에 있는 자그마한 나무에 꽂혀 있었다. 그것에 이끌려 다가갔다.

그러자 그 작은 나무에 사과처럼 생긴 하얀색 과실이 딱 하나 열려 있었다.

"황금색 과실보다도 더 존재감이 있는 과실이라……."

평소였다면 이끌리지 않았을 듯하다. 그런데 지금은 이 하얀 사과가 왠지 힘이 되어줄 것 같은 예감이 들었다.

아무리 봐도 독사과지만, 나에게 독은 통하지 않는다. 그리고 이 공간에 열려 있다는 건 먹을 수 있다는 뜻이겠지.

레인스타 경과 관련이 있을 듯해서 묘하게 안심감이 든다. 그래서 내 경계심이 누그러졌는지도 모른다.

나는 그 하얀 과실을 조심히 따서 마법 주머니에 넣었다. 그리고 이유는 없지만, 과실을 딴 나무에 마력을 흘려 넣었다.

왜 그런 행동을 했는지 자신도 모르겠다. 그런데 그렇게 해야만 할 것 같았다.

마력을 조금 주입하면서 회복 마법처럼 작용했으면 좋겠다고 자기 만족하면서 숲을 빠져나와 우주 공간 같은 창고에서 나왔다.

"루시엘 님, 꽤 오래 걸리셨네요."

"안에서 뭔가 발견한 건가요?"

출구로 돌아가니 나디아와 리디아가 웃으며 말을 걸었다.

올포드 씨에게서 받은 자료가 탁자 위에 여러 갈래로 분류된 걸 보니 제대로 훑어봐 준 듯하다.

폴라와 리시안이었다면 나에게 허가도 받지 않고 창고 안으로 또 돌격했겠지.

그 광경이 머릿속에서 떠올라 이에니스에서 지냈던 때가 그리워졌다.

두 사람이 궁금해하는 눈치라서 창고 안에서 봤던 것을 들려줬다.

"안쪽에 조미료랑 채소가 대량으로 저장된 방이 있었어. 그리고 하얀 과실을 하나 따왔고. 말해줄 건 그 정도려나."

"과실이 있었다고요? 조미료랑 채소밖에 없었는데요?"

"저도 그렇게 알고 있습니다."

"그……래?"

혹시 내 눈에만 인식되는 문이었던 걸까? 그럴듯한 가설이라서 무섭다.

"그래서 그 하얀 과실이 맛있어 보이던가요?"

"아니, 그야말로 독사과처럼 생겼어. 다만 독 내성이 있으니 살짝 먹어볼까 해서 말이야. 두 사람도 먹어볼래?"

""사양하겠습니다.""

두 사람이 입을 모아 말하고서 조심스럽게 웃었다.

창고 안에는 양과 질 모두 만족할 만한 재료가 보관되어 있었다. 그것을 확인했으니 수십 년 전 것일지라도 거부감 없이 먹을 수 있을 듯하다.

앞으로는 창고 안에 있는 재료로 음식을 해 먹자.

그 뒤에 두 사람과 오늘 점심과 저녁 식단에 관해 의논했다.

나디아와 리디아는 그 빅포크를 먹고 싶어 하는 듯해서 돼지고기로 만든 요리를 상상해나갔다.

그래서 도출된 식단이 돼지생강구이와 돈지루였다. 그러나 폰즈도 있어서 돼지 샤부샤부를 포기하기가 어려웠다. 고민하다가 그때 가서 먹고 싶은 걸 해 먹기로 결론을 유보하고서 마도서고로 향하기로 했다.

마도서고에 도착하니 어제 만났던 삼인조가 우리를 기다리고 있었다.

"좋은 아침입니다. 으음, 메인리히 백작 영애님."

"좋은 아침이에요, 루시엘 님. 저는 에리나스라고 불러주셔도 괜찮답니다."

"알겠습니다. 그런데, 무슨 용건이신지요?"

"예, 연구하다가 조금 막히는 데가 있어서……. 루시엘 님의 힘을 빌릴 수 있을까 해서."

여기는 이렇게 연구하다가 조력을 구하는 게 흔한 일일까? 어쨌든 지금은 여유가 없으니 어렵겠네.

"으음, 여유가 있다면야 흔쾌히 수락했을 테지만, 어제 말씀드렸다시피 저희는 어제 막 네르달에 온 참입니다. 당분간은 교황님의 명령을 우선해야 하니 양해 부탁드립니다."

내가 그렇게 말하고서 세 사람 옆을 지나가려고 하니 에리나스 씨가 불쑥 뭐라고 중얼거렸다.

뭐라고?

"죄송합니다만, 잘 못 들었습니다. 다시 한번 말씀해주시겠습니까?"

무턱대고 무시했다가 외교 문제가 생기면 골치 아프다.

내가 되묻자 그녀가 얼굴을 새빨갛게 물들고서 당장에라도 울음을 터뜨릴 것만 같은 얼굴로 입을 열었다.

"……이제 돈이 없어요. 연구비도 바닥이 나서 마도서고로 들어갈 티켓도 살 수가 없습니다. 그러니 돈을 빌려주실 수 있을까요?"

"예……?"

상상도 못 한 말에 나는 생각이 멈추었다.

네르달에 올 정도면 나라에서 받는 지원이 있지 않나?

그런데 돈이 없다고?

"본국에서 돈을 보내주지 않나요?"

나디아가 나를 대신하여 물었다.

"그건 저기……."

에리나스 씨가 말하기를 주저하자 뒤에 대기하고 있는, 어제와는 다른 여성 측근이 대답했다.

"저희가 네르달에 온 건 대략 1년 전입니다. 그간 꾸준히 연구를 반복했으나, 성과는 나오지 않았고, 결국 블랑주 공국에서 받은 백금화 10닢이 바닥이 나고 말았지요……."

사정은 대충 알겠군.

대체 무슨 연구를 하기에 이런 상황까지 내몰렸지? 이건 결국 자금을 원조해달라는 의미가 아닌가.

"블랑주 공국에서 오신 분이 달리 안 계십니까?"

내가 묻자 한 여성 측근이 대답했다.

"공국의 귀족은 사소한 일로 영지 쟁탈전을 벌일 만큼 사이가 좋지 않습니다. 섣불리 약점을 보일 수는 없습니다……."

다른 귀족에게 자금을 빌리면 영지가 줄어드는 건가……. 영민들이 살아가기 힘들겠네.

그래서 창피를 무릅쓰고서라도 어제 처음 만난 나에게 자금을 빌려달라고 요청한 건가.

내가 그 약점을 이용하면 어쩌려고 이러지? 뭐, 나디아와 리디아가 함께 있으니 그렇지 않을 거라고 판단했을 테지만.

어떻게 할지 고민하고 있으니 나디아와 리디아가 무슨 영문인지 고개를 숙였다.

에리나스 씨를 돕고 싶은 모양이었다.

"마침 저희도 마도서고에서 들어가려던 차입니다. 이번에는 함께 입실하도록 하죠. 자금 문제는 나디아, 리디아랑 논의해주십시오."

어차피 돈은 있다. 마땅히 쓸 일도 없으니 지원하는 것도 어렵지 않고. 이런 일로 시간을 빼앗기는 편이 손해다.

"아, 감사합니다! 역시 성치신(聖治神)의 사도님이시군요!"

"……? 그게 뭡니까?"

"블랑주 공국에서 루시엘 님을 칭하는 별명이랍니다. 부패한 치유사 길드를 바라보며 가슴 아파하던 교황님의 어심이 성치신의 사도를 불러들였다. S급 치유사가 된 사도는 치유사들을 통솔하여 치유사 길드를 멋지게 재건하였다. 그런 소문을 들었습니다."

"공국에 그런 소문이 돌고 있다고요?"

"예. 그 이외에도 성치신의 사도는 청렴결백하여 부패한 짓을 일삼으며 이익을 탐하는 악덕 노예 상인과 악덕 치유사들을 혼내주고 다닌다고, 아이들이 노래를 부르고 다닌대요."

"…………."

"그리고 보통 사람은 보복이 무서워서 감히 그러지를 못하겠지만, 루시엘 님은 무용까지 뛰어나서……."

이런, 더 이상 듣다가는 내 정신이 못 견뎌내겠다.

"소문은 으레 전해지면서 말이 보태져 부풀기 마련이지요. 자, 어서 안으로 들어가죠."

나는 마법 주머니에서 책자를 꺼내 마도서고의 문을 열고서 급히 달아나듯 안으로 들어갔다.

다섯 사람이 아쉬워하는 기색이 등 뒤에서 감지되었다. 위가 아프다.

09 나 자신을 되찾기 위해서

마도서고로 들어간 나는 다섯 사람에게서 멀찍이 떨어져 앉아 올포드 씨가 고찰과 대책을 적은 양피지를 읽기 시작했다.

그러다가 어느 고찰에 모순이 있음을 발견했다.

내 마력이 방류된 것이 맞는다면 어째서 신체 강화를 할 때 소모되는 양만큼 마력이 소비된 걸까? 마력 회복 스킬이 있긴 하지만 계속 방류되었으니 더 줄어들어야 하지 않나?

지금까지 경험한 바에 따르면 신체 강화 스킬을 발동하려면 마력을 체내에서 고속 순환시켜야만 하는데, 그때 순환하지 못한 마력은 상실된다. 그런데 어제 신체 강화를 하는 요령으로 훈련을 했을 때는 마력이 딱 그만큼만 소비가 되었다. 방류된 줄 알았던 마력은 왜 줄어들지 않은 걸까? 그 모순을 알아차린 것이다.

당연히 그 부분에 관한 설명은 적혀 있지 않았다.

단순한 고찰에 불과하니 모순이 있을 수도 있으려나.

그렇게 정답을 간단히 알아낼 수 있다면 아무도 고생을 안 하지.

그러나 다음 자료를 읽고서 나는 급격하게 흥분했다.

거기에는 이렇게 적혀 있었다.

이 세상에는 참격이란 기술이 있다. 자기 마력을 칼날에 실어서 날리는 기술이다.

만약에 루시엘 공이 그 참격을 습득할 수 있다면 어설픈 마법보다 마력을 적게 소비하면서도 강력한 원거리 공격 수단을 얻을 수 있다.

다만 그 지팡이처럼 루시엘 공의 마력을 견뎌낼 수 있을 만큼 단단하면서도 마력을 원만하게 변환할 수 있는 마력전도율이 높은 무기를 찾을 수 있을는지…….

그 문장을 읽고서 깨달았다. 환상지팡이를 환상검으로 변환시킬 수 있으니 참격을 날리는 이론만 터득한다면 나도 그 참격을 쏠 수가 있다는 것을.

성속성 마법과는 다른 장르이긴 하지만, 성속성 마법을 잃어버린 뒤로 마음을 가장 뛰게 하는 정보였다.

그란돌 미궁 안에서 수행했던 때도 스승님과 라이오넬이 쏘는 참격을 따라 해보려고 했었다. 그러나 쏠 수가 없었다.

그러나 이론만 터득한다면 나도 쏠 수가 있다고 하니 가능해질 때까지 오로지 정진할 뿐이다. 수행 시간이 간절히 기다려진다. 그리고 지금이라면 그 어떤 고난이 닥치더라도 견뎌낼 수 있을 것만 같았다.

자료를 계속해서 읽어나가니 날아가는 참격에 관한 고찰까지 빠짐없이 적혀 있었다.

"올포드 씨, 벌꿀을 더 드리도록 할게요."

그렇게 중얼거리며 내용을 읽어나갔다.

날아가는 참격을 쏘기 위해서는 방류되는 마력을 검에 모조리 불어넣고 나서 발사하는 이미지를 구축하여 체외 마력에 간섭함으로써…….

그러나 그 후반부는 전문적인 단어로 적혀 있어서 이해할 수가 없었다. 지금은 파악하는 것을 포기하고 올포드 씨에게서 직접 지도를 받기로 했다.

이로써 자신을 지키기 위한 최소한 무력을 얻을 수 있으리라는 희망이 생겨서 심적으로 든든하다.

그나저나 성속성 마법을 부활시키려는 목적으로 이곳에 왔는데, 어느새 그 목적 속에 전투도 포함되어 버렸다. 나도 여러모로 변했는지도 모르겠다.

쓴웃음을 짓고서 자료를 계속 읽어나갔다. 계속 읽을수록 고조되었던 흥분이 확 식어버려서 기분이 나빠져 갔다.

치유사가 되려면 성속성 적성이 필요하다.

성속성 적성이 있는데도 직업 항목에 치유사가 없다면 사람을 구하고 싶다는 마음보다 무언가를 강하게 증오하는 부정적인 감정에 지배당하고 있을 가능성이 크다.

그 감정이 해소되었는데도 직업 항목에 치유사가 없다면 주신 클라이야와 성치신이 정해놓은 운명을 받아들이는 수밖에 없다.

사람을 구하고 싶다는 마음보다도 무언가를 강하게 증오하는 부정적인 감정에 지배당하고 있다……? 아니, 이건 아니겠지.

스승님과 라이오넬을 구해낼 수 있었으나, 만약 사신과 또 맞닥뜨린다면 우선 도주부터 시도하겠지. 뭐, 무의식적으로 미워하고 있을 가능성이 조금이나마 있을지도 모르겠지만…….

그때 그 선택은 최선이었다고 자부하고 있고, 성공해낸 나 자신이 자랑스럽다고 생각한다.

그렇다면 주신 클라이야와 성치신이 정해놓은 운명은 내가 치유사로 되돌아갈 수 없다는 거겠지.

그밖에 성속성 마법을 쓸 수 있는 직업은 신관, 성기사, 현자, 성녀, 그리고 용사뿐이다.

그중에서 내가 될 가능성이 있는 직업을 꼽으라면 전생 특전 SP를 쏟아부어서 속성 적성을 획득할 수 있는 현자겠지.

뭐, 성속성 적성은 이미 취득을 마친 상태인지라 재차 취득하는 건 불가능하지만…….

꽤 몰두하여 읽었나 보다. 어느새 마지막 자료였다.

그곳에는 '신의 탄식 및 물체X를 개발한 괴인이 현자가 되었다'고 적혀 있었다. 적어도 백 년 이상은 현자 직업이 발현된 적이 없다고 한다. 현자는 어떤 직업이 변화한 것이 아닌가, 하는 추측도 적혀 있었다.

다만 현자에 이른 자는 여섯 정령인 빛, 어둠, 불, 물, 흙, 바람의 가호를 받았다고 한다.

현자의 기본 4속성의 마법 적성 스킬 레벨이 당시 기준으로 그렇게까지 높지 않았다는 것이 유일한 위안이었다.

"수행하여 현자 직업을 취득할 수 있으면 좋을 텐데……."

그렇게 중얼거리면서 자료를 계속 읽었다. 현자에 이른 자가 말년에 흘린 말 한마디가 온갖 억측을 불러냈다고 적혀 있었다.

그 내용은 '신의 탄식을 더 일찍 개발해냈다면 더 일찍 현자에 이르렀을 것이다'였다.

수백 년에 한 번 꽃이 맺히는 세계수에 열린다는 황금 과실. 그 근처에는 백 년 주기로 꽃을 피우는 박애의 나무가 있고, 거기에 열리는 백색 열매를 먹으면 현자에 이르는 문이 열린다고 한다.

그러나 그 백색 열매를 먹기 위해서는 독을 비롯한 상태 이상을 상쇄할 수 있는 수준의 내성이 필요하다. 그 내성을 획득하려면 신의 탄식이 필요하단다.

그러나 세계수는 이미 이 세계에 존재하지 않고, 박애의 나무를 아는 자도 없다. 그래서 현자가 신의 탄식을 사람들에게 먹이기 위해 지어낸 허언이라고 후세에 전해지고 있다.

나는 그 문장을 다 읽고 나서 과도한 정보량에 머리가 터질 지경이었다. 그래서 정리해보기로 했다.

괴인이 신의 탄식을 개발한 이유는 백색 열매를 먹고서 현자가 되기 위해서였다.

그렇게 하여 백색 열매를 먹으면 현자에 이를 수가 있다고 한다…….

"어?"

이 신의 탄식은 물체X의 바탕이 된 환약(丸藥)을 가리키는 거 맞지?

현자가 되고 나서 신의 탄식을 만든 것이 아니라 현자가 되려면 백색 열매를 먹을 필요가 있어서 개발했던 건가?

그렇다면 나는 이미 백색 열매를 먹더라도 별 탈이 없는 상태다.

왜냐면 거의 모든 내성의 스킬 레벨이 곧 최고치인 X가 될 예정이니까.

"좋았어!"

무심코 큰 소리를 낸 바람에 모두의 시선이 나에게로 쏠렸다. 얼버무리고자 아무 일도 없다고 쓴웃음을 지으며 손을 흔들었다.

물체X가 개발된 목적을 알고서 놀랐다. 그렇다면 현자가 되고 나서 치유사 길드에 소속되었던 걸까? 아니면 공훈을 세우기 위해서 모험가 길드에 물체X 제조기를 기부했던 걸까? 조사해보고 싶지만, 현자에 관한 자료는 그것이 끝이었다.

이거 의외의 사실을 알게 됐네.

현자가 될 수 있다는 게 사실이라면 우선 마술사 길드 중심에 있는 분수에 가봐야 하나.

만약에 레인스타 경의 말이 사실이라면 분수에서 바람의 정령과 만날 수가 있을 테니까.

그때 가호를 어떻게든 받아내야만 한다. 다만 창고에서 찾은 백색 과실이 진짜 양피지에 적혀 있는 백색 열매인지도, 실제로 그런 효과가 있는지도 알 수 없다. 무엇보다도 살아남을 수 있을지도 알 수가 없어서 솔직히 무섭다.

그래도 진짜 현자가 된다면 성속성 마법을 구사할 수 있게 된다.

이건 불리하기만 한 도박이 아니다.

직업이 여전히 치유사였다면 분명 더 신중하게 생각했을 테지만…….

"이대로 있다가는 위험할 것 같은 기분이 들어……."

아마도 올포드 씨가 조사해준 내용이 맞겠지.

그러나 모든 것을 그대로 믿어도 될까?

사람을 의심하는 이 마음의 벽은 증오와 마찬가지로 성속성 마법을 쓰지 못하게 막는 부정적인 감정이 아닐까.

내가 지닌 가능성을 믿는 것이 분명 중요하겠지.

내가 여기까지 이룬 것도 내 행동을 믿은 결과였으니까.

나는 눈을 감고서 자기 자신과 마주했다. 그것이 현자가 되는 길인 듯했다. 또한 현자가 되는 때 역시 자기 자신과 마주한 뒤에야 올 것 같았다.

가장 먼저 익힌 성속성 마법은 힐이었다.

처음에는 발동도 못 했지만, 노력이 형태로 이루어지는 세계였기에 엑스트라 힐과 리바이브를 발동하는 수준까지 성장했다.

내가 그렇게까지 노력한 이유는 그저 무서웠기 때문이다.

원체 무력한 존재였지만 살아가기 위해서 치유하는 힘을 부여받았다. 치유하는 힘을 모두가 기뻐했기 때문에 연약한 실체에 칠해진 도금이 벗겨지지 않도록 필사적으로 노력하여 그 힘을 자신의 것으로 삼기 위해 노력했다.

그리고 노력한 만큼 상냥한 사람들과 신뢰할 수 있는 동료들이 주변에 모여들었다.

그게 기뻐서 더욱 노력했다.

물의 정령이 절망하는 미래를 예언했기에 성속성 마법을 잃을 각오도 있었다.

성속성 마법을 상실했을 때 역시나 도금이 벗겨졌겠구나 싶었다.

그러나 스승님과 라이오넬을 구했으니 만족한다.

만약에 예언을 듣지 못했다면 나는 스승님과 라이오넬을 구해냈다고 자기만족을 한 뒤에 두 사람을 미워하게 됐을까? 주변이 모조리 적으로만 보였던 죽만 쑤는 영업 사원의 암흑시대 때처럼……. 뭐, 그건 아닌가.

그때는 자기 힘을 과신하고 있었고, 나쁜 일만 잇달아 벌어졌으며 신뢰했던 사람들에게서도 배신을 당한 듯한 느낌이 들어 스스로 부정적인 스파이럴 속으로 몸을 던졌었다.

이대로 성속성 마법을 영영 쓸 수 없어도 살아갈 수는 있으니 그 시절의 정신 상태로 빠져들 일은 없겠지.

나는 숨을 서서히 내뱉었다. 그리고 고개를 들어 눈을 뜨고서 그 당시에 새겼던 좌우명을 중얼거렸다.

"실력은 오로지 노력해야만 쌓을 수 있다. 행운은 계기에 불과하니 노력하지 않으면 기회가 찾아왔는지도 알아차릴 수가 없다. 다만 그 기회를 살리느냐 망치느냐는 본인의 노력에 달려 있다."

암흑기에 빠졌음에도 평소처럼 대해줬던 선배가 유명 운동선

수의 노력에 관한 명언을 변형하여 선사해준 말이었다.
그 말을 듣고서 내 노력을 알아주는 사람도 있구나 싶었다. 다시 일어설 계기가 되어줬다.
그 말이 지금도 내 좌우명이다.
조금 길긴 하지만, 벽에 막혀 헤맬 때마다 그 말을 꼭 되새긴다.
정말로 불행으로밖에 표현할 수가 없는 시기가 닥쳐오긴 하지만, 그만큼 행운도 분명 존재한다.
그러나 행운은 부끄럼쟁이라서 언제나 숨어 있다.
착실히 노력하여 토대를 쌓아 준비해놓은 사람에게는 행운이 가끔 얼굴을 내민다. 기회가 찾아온다.
물론 세상은 평등하지 않으므로 사람마다 찾아오는 기회의 횟수도 다르겠지.
그러나 그 기회를 얻고 나서야 비로소 지금껏 해왔던 노력이 시험을 받게 된다.
하지만 착각해서는 안 된다. 노력하고 있는 사람은 나 혼자가 아니다. 모두가 노력하고 있다.
그렇다면 결과를 남기려면 무엇이 필요한가? 그것은 해야 할 일을 게을리하지 않고 착실히 해왔다는 자신감이다.
그 자신감이 마음에 여유를 낳고 시야를 넓힌다. 새로운 행운이 찾아와 고개를 빼꼼 내밀어준다.
참고로 말하자면 해야 할 일을 다 했는데도 결과를 남기지 못했을 때는 상상 이상으로 좌절하게 된다.

그러나 그 이유를 성찰하여 다음 기회 때 살릴 수 있는 사람은 그때까지 노력을 쌓은 자기 자신뿐이다.

난 전투 훈련에 심혈을 기울여왔다는 자부심이 있지만, 마법 영창을 연구한 것 말고는 성속성 마법에 관해 노력한 적이 별로 없다.

만약에 이 자리에서 바로 현자를 획득하더라도 나는 노력의 결과라고 자부할 수 있을까…….

아니, 분명 열등감을 느끼겠지. 그렇다면 현자에 이르는 도표(道標)를 발견하여 마음에 여유가 생겼으니 마법에 관해 확실히 익히자.

그렇게 스스로 납득할 수 있을 때 현자가 되자고 마음먹었다.

"올포드 씨의 말대로 조바심을 내지 말고, 차근차근 지식을 축적하여 성장하자."

당장 바람의 정령을 바로 만나러 가고 싶지만, 마법과 속성 지식이 깊어져 자신감이 붙은 뒤에 가더라도 늦지는 않겠지. 난 단단히 공부하고 나서 가기로 했다.

바로 그때 나디아와 리디아가 에리나스 씨를 데리고 왔다.

"루시엘 님, 에리나스 님 건 말입니다만, 어떻게든 융자해주실 수 없을까요?"

"저도 부탁드려요. 도무지 남 일 같지 않아서……."

나디아와 리디아가 송구스러워하며 부탁했다.

"지원이 아니라 융자라고요? 갚겠다는 건가요?"

조금 의외였다.

"물론이에요. 융자를 받을 수 있는 것만으로도 감사한 일입니다. 그 이상을 바라기에는 너무 뻔뻔하지요."

에리나스 씨는 우리 관계를 객관적으로 보고 있었다. 난 그들의 사정에 얽히지만 않는다면 갚지 않아도 상관없었다. 하지만 본인이 이렇게 말하면 융자해줘도 되겠다 싶었다.

"그렇습니까. 그럼 에리나스 씨의 연구가 성과를 낼 때까지 융자하도록 하겠습니다. 나머지 절차는 나디아와 리디아와 조정해 주세요."

"정말로 감사드립니다. 사도님은 배포가 두둑하시군요."

나는 사도님이라는 말을 듣고서 쓴웃음밖에 나오지 않았다.

오늘을 기점으로 무엇을 해야 할지 명확해졌다. 쓸데없는 간섭 없이 마치 수험생처럼 맹렬하게 공부를 시작할 수 있게 됐다.

나는 마도서고에 있는 논문이나 서적들을 처음부터 끝까지 쭉 훑어보면서 지식을 쌓아나갔다. 그와 병행하여 방류되는 마력을 제어할 수 있도록 훈련장에서 시행착오를 거듭하는 나날을 보냈다.

10 운명신의 가호

결의를 굳힌 날로부터 약 3개월. 나는 정력적으로 마도서고에 잠들어 있는 서적들을 훑어보면서 여러 지식을 쌓았다.

나디아와 리디아도 왠지 조바심을 떨쳐낸 듯한 내 모습에 감화됐는지 정력적으로 마법 수련을 시작했다. 초급 속성 마법을 발동하는 데 성공했는데도 태만해지지 않았다. 현재는 초급 마법을 영창 파기로 발동하는 수준까지 성장했다.

참고로 두 사람과의 관계가 진전하지는 않았다. 함께 지내는 시간이 늘어서 친해지기는 했지만, 두 여동생과 공동생활을 하는 느낌이었다.

그렇게 된 이유는 내가 주부처럼 요리를 도맡고 있고, 세탁 등 잡일을 나눠서 하고 있기 때문이다.

나는 여전히 아무런 마법도 못 쓰고 있지만, 환상검에 자연스럽게 불어넣을 수 있게 됐다.

참격을 날리는 건 아직 못 한다. 그러나 낙담하지 않고 훈련을 계속하고 있다.

뭐, 내 검술 스킬 레벨이 낮아서 안 되는 걸 수도 있지만.

올포드 씨의 고찰에 따르면 검술 스킬 레벨이 부족하거나, 혹은 마력을 쏘기 위한 스킬이 필요한지도 모른다고 했다.

올포드 씨는 생각했던 것보다 훨씬 남 챙겨주는 걸 좋아하는 사람이었다.

궁금한 걸 물어보면 즉답하지 않고 이튿날에 관련 자료들과 함께 리포트를 작성하여 줬다. 덕분에 공부가 굉장히 순조롭게 진척되었다. 보답으로 하치족의 벌꿀밖에 줄 게 없지만.

최근에는 신기하게도 조바심이 나지 않았다. 오히려 즐거웠다. 네르달에서 보내는 생활이 체질에 맞는 것 같았다.

사람과 거의 만날 일도 없고, 경치는 아름답고, 그 무엇에도 구속되지 않는다. 그리고 무엇보다 안전하다.

나디아와 리디아가 있으니 고독하지 않고, 오히려 두 사람이 나보다 더 노력하는 모습을 보면 질 수 없다는 경쟁심이 생겨서 의욕이 떨어질 새가 없었다.

그러던 어느 날, 올포드 씨가 나를 불렀다.

"실례합니다."

"급히 불러서 미안하네."

올포드 씨가 마중을 나왔다. 나와 올포드 씨는 거울 안으로 이동했다.

내가 자리에 앉았는데도 올포드 씨가 좀처럼 입을 열지 않았다.

결국 내가 먼저 용건을 물어봤다.

"올포드 씨, 굳이 저만 부르신 이유가 뭡니까? 중대한 일입니까? 아니면 수련에 관한 겁니까?"

"수련은 문제없네. 참격을 익히는 것도 시간이 해결해주겠지."

수련에 관한 내용은 아닌 모양이었다. 애초에 그런 거였으면 훈련장으로 불렀겠지.

"전부 올포드 씨 덕분입니다. 항상 감사하고 있습니다."

"그게 정말인가? 그렇다면 내 부탁이 하나 있네만……. 루시엘 공이 가진 벌꿀주를 나눠줄 수 없겠나!"

올포드 씨는 눈을 크게 뜨고서 말했다.

"예? 설마 그게 절 부른 이유입니까?"

지난 3개월 동안 올포드 씨가 따로 벌꿀주를 요구한 적은 없었다. 나는 약간 황당했다.

올포드 씨가 미소를 짓더니 시선을 창밖으로 돌리고서 말했다.

"그게 말이네. 오늘은 보름이라서 이 몸이 바깥으로 나가기 용이하다네."

이 몸이라니, 말투는 또 왜 이런가. 보름달이 아름다워서 기분이 고양됐나?

황당해서 올포드 씨를 바라봤더니 어쩐지 익숙한 위화감이 들었다. 나는 속으로 갸웃하면서도 승낙했다.

"……조금 황당하지만, 이 자리에 벌꿀주가 어울린다면 감사의 뜻을 담아 제공하도록 하겠습니다."

"이야기가 통하는구나."

올포드 씨가 정말로 기뻐하는 듯한 표정을 지었다.

어차피 마실 거면 제대로 즐기는 편이 좋겠지?

나는 마법 주머니에서 잔 2개와 벌꿀주가 담긴 항아리를 꺼냈다. 그러고는 잔에 벌꿀주를 따랐다.

호박색으로 영롱하게 빛나는 벌꿀주를 따르자 방 안에 달콤한 내음이 퍼져나갔다.

"그럼 건배하자꾸나."

"예."

더는 참지 못하겠다는 표정을 짓고 있는 올포드 씨를 만류할 수 없어, 잔을 가볍게 들어 올렸다.

""건배.""

내가 잔에 입을 대자 올포드 씨가 벌꿀주를 단숨에 비웠다.

그 순간 머릿속에서 기계음이 울렸다.

딩동 [칭호 바람의 정령의 가호를 취득했습니다]

"뭐?"

너무나도 뜬금없어서 굳어버리고 말았다.

"후오후오후오. 역시 맛있구나. 한 잔 더 줄 수 있는가?"

내가 놀라는 모습을 안주로 삼은 올포드 씨……의 몸을 빌린 바람의 정령이 벌꿀주를 요구했다.

"……받으시죠. 그런데, 이게 무슨 상황입니까? 올포드 씨에게 빙의한 겁니까?"

"조금 다르군. 빙의가 아니라 완전히 빌렸지."

그 말을 듣고 당혹스러웠다.

어둠의 정령은 에스티아와 계약을 맺어 그녀의 몸에 깃들어 있다. 그리고 의식이 바뀌면 그 존재감이 크게 뛰어오른다.

그러나 올포드 씨와 바람의 정령은 의식을 집중하지 않으면 교대했는지 알아차리기 어려울 정도였다.

그런데도 몸을 빌린 거라고 말하다니, 대체 어떤 계약을 맺은 걸까?

나는 혼란이 가시지 않은 상태에서 바람의 정령이 든 잔에 겨우 벌꿀주를 따르면서 이번에 획득한 가호에 관해 물어보기로 했다.

"으음, 어째서 이 타이밍에 교대한 겁니까?"

"진심으로 묻는 건가?! 이 몸이 올포드 몰래 현자가 될 수 있는 힌트를 자료 속에 섞어놨는데 어째서 분수로 찾아오질 않는 건가? 이 몸을 만나러 오면 가호를 획득할 수 있다는 것도 알고 있을 텐데!"

무슨 영문인지 바람의 정령이 화를 내고 있다. 나는 바람의 정령이 인간의 글을 쓸 줄 안다는 게 더 충격적인데.

어설프게 얼버무리지 않고 솔직하게 대답했다.

"힌트는 감사합니다. 수행의 원동력이 됐습니다."

"으음……."

"다만 지금 상태에서 곧장 현자가 되면 다음번에 비슷한 상황이 일어나면 그냥 손을 놓을 것 같아서 조금 더 성장해야겠다고 생각했습니다."

즉 내게는 겉꾸릴 도금이 아니라 절망을 견뎌낼 단단한 기반이 필요했다.

"그 기초 공사가 아직 끝나지 않았다는 말인가?"

"정확히는 이제 거의 다 됐습니다. 슬슬 성속성 마법을 되찾고 싶다고 생각하던 차였습니다. 네르달은 지내기 아주 편안하긴 하지만, 저 아래에는 제가 다시 성속성 마법을 구사할 수 있기를 바라는 사람들이 기다리고 있으니까요."

"그렇다면 현자가 될 자격을 얻고 나서 수행을 하면 되는 거 아닌가?"

"현자가 되더라도 성속성 마법을 구사할 수 있을지 확신이 없었습니다. 그래서 현자가 되었는데도 성속성 마법을 발동하지 못할 때를 상정하고 지식을 쌓았습니다."

"그런 거였나. 그러나 현자가 되기 위한 여정은 아직도 멀어. 그대는 이 몸을 마지막으로 여섯 정령의 가호를 얻긴 했으나, 속성 마법의 스킬 레벨을 모조리 X까지 올려야만 비로소 현자가 될 수 있다네."

바람의 정령이 번뇌하며 심연을 들여다보는 듯한 눈으로 말했다.

바람의 정령의 말을 듣고서 나는 식은땀이 날 정도로 초조해졌다.

"저기 백색 열매는?"

"백색 열매? 아아, 박애의 나무에 열리는 열매 말인가? 지금은 이제 사라졌지만, 세계수 근처에 있었지. 혹시 세계수가 있었던 자리를 찾을 생각인가? 그게 있으면 그 과정을 대폭 줄일 수 있지. 그러나 박애의 나무가 있었던 태고의 숲에는 용들이 우글거리니 현재 그대의 실력으로는 백색 열매를 찾기도 전에 목숨을 빼앗길 터."

태고의 숲이라 그런 위험한 곳이 다 있었네…….

만약에 만전의 상태인 스승님과 라이오넬이 동행하더라도 직접 구하러 가는 건 사양하겠다.

그런데 바람의 정령과 이야기를 하던 도중에 의문이 드는 점이 있었다.

3개월 전에 내가 재료 창고 안쪽 숲에서 발견한 그 백색 열매 말이다.

올포드 씨가 준 자료들 속에 세계수에는 황금 과실이 열리고, 박애의 나무에는 하얀 열매가 맺는다고 적혀 있었던 것으로 안다. 그런데 바람의 정령도 그 공간의 존재를 모르는 건가? 혹은 간절한 마음이 앞서서 그것이 현자가 되기 위한 열쇠인 백색 열매일 거라고 착각하고 있는 걸까?

나는 바람의 정령과의 대화에 집중하지 못하고 현자가 어떻게 백색 열매를 입수했는지 자꾸만 마음에 걸렸다.

현자에 관해 아는 것이라고는 주변 사람들이 괴인으로 취급했다는 것과 신의 탄식(물체X)을 제작했다는 것뿐이다.

그의 실적과 직업, 인품, 실력 등은 기록이 전혀 없었다.

애당초 현자이니 레인스타 경처럼 자서전이나 이야기가 존재할 만도 한데, 그런 서적을 전혀 찾아볼 수가 없었다.

"생각이 슬슬 정리됐나?"

올포드 씨……의 몸을 빌린 바람의 정령이 벌꿀주를 마시면서 내가 묻기를 기다려줬다.

"……이전에 현자 직업을 취득한 분이 어떤 사람이었는지 알고 싶습니다. 그분은 어떻게 백색 열매를 구한 건가요?"

"폴나가 줬지. 당시 폴나한테는 자신을 떠받쳐줄 존재가 필요했으니까."

바람의 정령이 나에게서 시선을 돌려 달을 쳐다봤다.

그 의미심장한 태도와 발언이 몹시 마음에 걸렸다. 그러나 그 당시부터 교황님은 교회의 절대적인 상징이었을 터.

그런 교황님께서 신뢰했던 인물이라면 지용을 겸비한 뛰어난 사람이었을 거다.

그러나 바람의 정령은 현자에 관해 말하기 꺼리는 눈치였다. 그래서 나는 가장 궁금한 점을 물어보기로 했다.

"만약에 제가 현자 직업을 취득한다면 예전처럼 성속성 마법을 구사할 수 있을까요?"

"그건 솔직히 나도 모른다."

바람의 정령이 고개를 가로저으며 대답했다.

"현자는 모든 속성 마법을 구사할 수 있다는 기록을 봤습니다만."

"본디 현자란 마도를 추구하는 데 모든 인생을 바친 괴인이나 취득할 수 있는 직업이다. 방대한 지식과 정신력이 필요하고, 모든 속성 적성을 보유한 재능과 운이 있어야만 하지. 그러니 모든 마법을 구사할 수 있다는 말도 꼭 틀린 것은 아니다."

"가능성은 있다는 뜻이죠?"

"문헌 등을 살펴봐도 현자에 이른 자는 용사보다도 적다. 그래서 정보도 적지. 그래서 그대처럼 성속성 마법을 상실한 자가 현자가 될 수 있을지도, 실제로는 알 수가 없다."

고민하듯 긴 수염을 매만지면서 바람의 정령이 대답했다.

현자가 그렇게 쉽게 취득할 수 있는 직업이 아님은 잘 알고 있다. 역시나 자신의 미래를 믿는 것 말고는 달리 길이 없을 듯하다.

"현자에 이르는 길은 한없이 머네요. 그래도 그 숫자가 적다면 제가…… 다른 누가 아닌 바로 제가 현자가 돼서 잃어버렸던 속성 적성을 되찾을 수 있음을 증명해 보이겠습니다."

"흠. 각오가 좋구나. 뭐, 성속성 마법을 잃어버렸더라도 신의 은혜를 받았으니 비관할 필요는 없지. 다만 그대한테 정령의 가호와 용의 가호가 있는 이상 늘 한계를 뛰어넘을 각오를 해야 한다."

"……설마 가호에 따르는 폐해 같은 게 있는 겁니까?"

갑자기 불안해져서 숨이 턱 막힐 듯했지만, 어물쩍 넘기지 않고 귀를 제대로 기울였다.

그리고 절망의 서곡이 들려오는 듯한 환청이 느껴졌다.

"그대가 속성 마법을 아무리 영창해도 발동하지 않았던 이유가 그 때문이다."

"네?"

"애당초 용의 가호는 신체를 강인하게 승화시키기 위해서 마력을 체내에 붙들어두려고 하고, 정령의 가호는 정령들이 원하는 마력으로 변화시켜 정령 마법을 쉽게 구사할 수 있도록 해준다. 그래서 가호를 얻지 않은 속성 마법을 구사하기가 어려워지지."

바람의 정령이 아쉽다는 투로 말했지만, 무슨 영문인지 입꼬리가 웃고 있었다.

아니, 마지막은 착각이겠지.

그나저나 난 성속성 마법을 다시 발동할 수 있게 될까? 내 앞에 또다시 커다란 벽이 나타난 것처럼 느껴졌다.

"저기, 갑자기 현자가 되는 정규 루트가 막힌 것 같은 기분이 듭니다만……."

"아니지. 정령마법사가 되어 정령 마법의 극의를 터득하면 되지 않은가?"

그럴 수 있는 사람은 이야기 속 주인공뿐이겠지. 더욱이 전생룡의 가호가 무의미해질 것 같다.

"레인스타 경이라면……."

"호오. 레인이 현자이기도 했다는 것을 알고 있을 줄이야. 문헌에는 기록이 남아 있지 않을 텐데 실로 흥미롭구나."

용사뿐만 아니라 현자이기도 했던 거냐……. 뭐, 레인스타 경이라면 그럴 수도 있겠다.

"그 사람은 뭐든지 가능할 것 같으니까……. 참고로 제가 정말로 정령 마법의 극의를 터득할 수 있을 것 같습니까?"

"뭐, 보통은 무리겠지. 하나 그대한테는 운명신의 가호도 깃들어 있잖나?"

이거 내가 전생자라는 사실도 다 들통났네. 올포드 씨도 예전에 나를 감정한 바가 있고, 정령이라면 전생자가 어떤 존재인지도 잘 알고 있겠지.

"예. 하지만 운명신의 가호가 있으면 레벨이 올라갈 때 SP를 조금 더 많이 취득할 뿐인데요?"

"후오후오후오, 뭘 모르는군. 그건 부산물에 불과해. 그건 본디 정해진 운명일지라도 죽을 각오로 발버둥을 치면 불운을 끊어내는 최고의 가호다."

"그렇게나 굉장한 가호였습니까?!"

그렇다면 사신과의 전투에서 아무도 죽지 않고 생환할 수 있었던 것도 그 덕분인가?

바람의 정령은 현자 이야기가 나올 때마다 입이 무거워지는데, 반면에 레인스타 경 이름이 나오면 말이 많아지네. 새로운 정보들을 자꾸자꾸 알려준다.

"당연하다. 그렇기에 신의 가호는 시련을 극복한 자만이 얻을 수 있는 거지."

운명신의 가호는 전생했기 때문에, 성치신의 축복은 시련의 미궁을 홀로 답파했기 때문에 얻은 줄 알았다.

그런데 그렇다면…….

"호운이나 패운 스킬을 취득한 건 쓸데없었다는 겁니까?"

호운 선생님과 패운 선생님을 존경했던 것은 잘못이었던가?

아니, 도움을 받았다고 느낀 적이 있으니 잘못은 아니겠지.
다만 내 선택이 틀리지 않았다고 바람의 정령이 긍정해주길 바랐다.
"하아~. 제아무리 역경을 뒤엎을 만한 가호가 있다고 하더라도 그 두 스킬이 없었더라면 사신과의 전투 때 광명조차 보지 못한 채 죽었을 게다."
그 말을 듣고서 안도하며 가슴을 쓸어내렸다.
"무의미하지 않았다니 다행입니다. 제게는 무척 중요한 일이라."
"마지막은 운에 거는 건가?"
"이상한가요?"
"후오후오후오, 과연. 노력할 줄 아는 그대라면 분명 언젠가 현자가 될 날도 오겠지……. 후오후오후오후오."
무슨 영문이지 크게 웃어대는 바람의 정령의 모습을 보고서 재료 창고 안쪽 숲에서 입수한 백색 열매를 먹고서 당장 현자가 되어 놀래줄까, 하는 욕구가 솟아났다. 그렇게 현자가 된다면 이 네르달의 중추에 있다고 추정하는 전생룡을 상대하게 될지도 모른다고 직감적으로 느꼈다.
그러고 보니 록포드에서 레인스타 경이 알려줬던, 바람의 정령의 협력을 구하기 위한 마법의 말이 있었다. 그 말을 외치지 않고 넘어가서 조금 다행이라고 해야 하려나.
분수에는 나디아, 리디아와 동행할 작정이었으니 느닷없이 그 말을 외쳤다면 또 이상한 눈으로 쳐다봤을 가능성도 있었다.

하지만 바람의 정령이 눈앞에 있으니 만난 김에 마법의 말에 관해 물어보기로 할까.

"다른 얘기입니다만, 제가 분수 앞에 서서 '이 몸이 바로 세계를 통할하는 세계최강이자 세계최속의 윈드 님이시다' 하고 외쳤다면 가호를 받을 수 있었을까요?"

"……?! ……대체 어디서 그 말을!"

방금까지 신나게 웃던 바람의 정령에게서 절망 섞인 어두운 공기가 흐르기 시작한 듯했다.

"록포드입니다."

"……이 몸한테 공중정을 맡기더니만 레인 녀석은 지상에 터무니없는 폭탄을 남겨둔 모양이구만."

바람의 정령이 몸을 부들부들 떨었다. 그러나 이윽고 이쪽을 보면서 입을 열었다.

"만약에 누군가한테 그 말을 한다면 가호를 없앨 테니 그리 알아둬라. 그뿐만 아니라 루시엘이 마법을 쓰지 못한다는 소문을 전 세계에 쫙 퍼뜨릴 것이다. 그게 싫다면 아까 그 말을 당장 잊는 게야."

엄청난 위압감에 나는 그저 고개만 끄덕였다.

그 모습을 보니 올포드 씨는 틀림없이 정령의 결꾼 노릇을 하고 있으리라 짐작할 수 있었다.

"그럼 됐다. 내일 그대를 풍룡과 수룡과 만나게 하지. 녀석들한테서 용의 힘을 사용하는 법을 물어보도록."

"내일? 그렇게 서두를 필요가 있습니까? 미궁화되어 있지 않을 걸 보면 두 용이 사신의 저주에 걸린 것 같지는 않은데요?"

"옛날부터 바뀐 건 없다. 하지만 이 네르달의 내부에 관한 정보는 이 몸조차도 살펴볼 수가 없으니 만나러 가는 수밖에 없다."

지금껏 정령이나 전생룡과 만나 대화를 나눈 바가 있기에 사이가 좋지 않으리라 예상하긴 했다. 그래도 전생룡이 사신의 저주에 걸리기라도 했다면 곤란하니 실은 걱정이 돼서 나에게 가호를 내려주겠다는 구실로 전생룡의 상태를 알아보려고 한다……. 그렇게 생각하는 듯했다.

전생룡이 사신의 저주를 받았다면 나는 곧바로 해주하려고 시도하겠지. 만약에 전생룡이 이 네르달을 띄우고 있다면 저주가 풀렸을 때 추락하지 않을까 개인적으로 우려가 된다. 이제는 레인스타 경이 부유를 유지하는 시스템을 구축해놨기만을 바랄 뿐이다.

"내일이 운명의 날이 될 듯합니다."

"그렇다면 오늘 밤은 벌꿀주를 마음껏 만끽해야지."

바람의 정령이 잔에 든 벌꿀주를 즐겁게 마시기 시작했다.

그리하여 이튿날, 우리는 풍룡과 수룡이 있다고 추정하는 네르달의 중심부로 발을 내딛게 되었다.

11 수호하는 존재들

올포드 씨……가 아니라 바람의 정령과 벌꿀주를 대작하고 나서 맞이한 이튿날 아침.

성 슈를 공화국에 배정된 식당에서 나디아와 리디아와 함께 아침을 먹으면서 오늘 일정을 전했다.

"오늘은 마술사 길드의 분수에 가기로 했어. 아마도 강적과 전투가 벌어질 가능성이 있으니 마음을 단단히 먹도록 해."

"바람의 정령님을 뵙는 거군요. 제게도 힘을 빌려주시면 좋을 텐데……."

리디아가 조금 긴장한 얼굴로 말했다. 어제 바람의 정령이 리디아의 자질을 살펴보고 싶으니 자신의 존재를 함구해달라고 부탁했기에 차마 밝힐 수는 없다.

참고로 왜 자신에게는 그냥 가호를 줬는지 물어봤더니 사고가 단순한지라 힘을 탐닉할 우려가 없어서 그랬다고 대답했다.

"이 네르달에서 전투 준비를 하라는 말씀은 혹시 전생룡님과의 만남이 있을지도 모른다는 건가요? 전 용신님의 가호를 받긴 했지만, 용신님한테서 계시를 받은 적이 딱 한 번밖에 없어서 전생룡님과의 만남이 몹시 기대됩니다."

성룡이나 염룡 때는 전투가 벌어질 일이 없었다. 그러나 토룡이나 뇌룡과 만났을 때는 잇달아 죽을 뻔했기에 나는 전투가 벌어질까 대단히 무섭다.

그저 쓴웃음밖에 나오지 않았다.

"루시엘 님, 성속성 마법 없이 용을 해방할 방법이 있을까요?"

리디아가 냉정하게 용과의 전투가 벌어지는 상황을 생각해봤는지 아주 걱정스레 물었다.

그녀가 무엇을 걱정하는지 충분히 알고 있다. 아무런 대책도 없이 용의 근거지에 갈 정도로 나는 무모하지 않다.

토룡이나 뇌룡 때의 선례도 있고, 이번에는 수룡과 풍룡을 동시에 상대해야 할 수도 있으니 만반의 상태로 가더라도 꽤 험난하다.

쌍룡이 사신의 저주에 걸리지 않았으면 좋겠지만, 불길한 예감일수록 들어맞는지라…….

그렇다면 이쪽도 최대한 대비를 하는 수밖에 없다.

보험이라고 하기에는 약할지도 모르겠지만, 나디아라면 용신의 무녀이니 용에게 죽임을 당하지는 않겠지.

그러나 전투가 벌어진다면 나는 무슨 수를 써서든 두 사람을 지켜낼 작정이다.

그리고 그러기 위해서는 내가 성속성 마법을 되찾는 것이 절대 조건이다.

그래서 어젯밤부터 각오하고 있었다.

나는 마법 주머니에서 하얀 열매를 꺼낸 뒤 리디아의 물음에 답했다.

"솔직히 말해서 지금 이 상태로는 용을 해방할 수 없겠지. 그래서 그 확률을 높이기 위해 지금 이걸 먹을까 해."

나디아가 하얀 열매를 보고서 의아한 표정으로 입을 열었다.

"그 사과에는 독이 들어 있는 것처럼 보이는데요. 줄곧 드시질 않아서 진즉에 폐기한 줄 알았는데 마법 주머니 안에 보관하고 계셨군요?"

"저, 전 그 과일을 먹지 않는 게 낫다고 봐요."

하얀 열매를 독으로 인식하고 있어서인지 리디아가 살짝 거리를 띄웠다.

"굳이 피할 것도 없지. 운이 좋으면 이걸 먹고서 현자가 될 수 있다잖아. 이래도 성속성 마법을 되찾지 못한다면…… 뭐, 그때 가서 생각하고."

나는 걱정을 끼치지 않고자 가벼운 투로 말했다.

"존재감이 엄청나서 가까이에 있는 것조차 버거운데요……."

"루시엘 님, 무언가를 먹고서 직업을 취득했다는 소리는 들어 본 적이 없습니다. 그만두시는 편이 낫다고 생각합니다."

두 사람은 백색 열매를 경계하고 있지만, 내 눈에는 평범한 과일처럼 보였다.

다만 두 사람이 어째서 이 열매를 경계하는지 왠지 알 듯하다.

이 백색 열매는 물체X를 꾸준히 마셔서 상태 이상을 상쇄할 만큼 내성을 키우지 않으면 먹자마자 목숨을 잃을 수도 있는 과일임을 알고 있기 때문이다.

어젯밤에 바람의 정령에게 물어봤다. 우연히 백색 과일을 입수한다면 먹어도 되는지, 그리고 얼마나 위험한지 아느냐고.

바람의 정령의 말에 따르면 신의 탄식을 개발한 현자는 맹독, 마비, 혼란, 석화, 취약, 마봉(魔封) 상태 이상을 느꼈다고 한다.

또한 백색 열매를 분석하기 위해 소량을 먹이는 실험한 적이 있는데, 피실험자들은 예외 없이 트라우마의 감옥 속으로 내던져졌다고 한다.

그래서 정신 내성 스킬의 레벨이 높지 않다면 착란을 겪은 뒤에 폐인이 되는 경우도 많다고 한다.

그 이야기를 듣고서 나도 고민했다. 그러나 내 능력치를 보니 성속성 마법뿐만 아니라 여러 난관을 노력하여 극복해왔음을 실감할 수가 있었다.

뭐, 결국에는 능력치 때문에 최종 판단을 내릴 수가 있었다. 내가 이 세계로 전생한 뒤 노력해서 얻어낸 결과를 믿기로 했다.

“이건 상태 이상을 상쇄할 만큼 내성이 높은 사람이 아니면 먹을 수가 없어. 물체X가 개발된 이유는 이걸 먹고 현자가 되기 위해서였다나 봐.”

“‘……물체X.’”

두 사람이 또 한 걸음 물러났다.

아마 두 사람도 물체X를 마셔본 적이 있는 듯하다.

모험가 길드 본부가 있는 그란돌에서 백랑의 핏줄에게서 가르침을 받았으니 세례 의식으로서 억지로 먹였는지도 모르겠네.

"그럼 먹을 테니 만약에 의식을 잃더라도 소란 피우지 말고 깨어나기를 기다려줬으면 해."

백색 열매를 올바르게 먹는 법은 따로 없는 것 같아서 기세를 북돋기 위해 물체X를 마시고 나서 깨물었다.

물체X를 먼저 마셔서인지 백색 열매의 맛이나 냄새가 느껴지지 않았다. 계속해서 먹어나갔다.

그리고 무난하게 다 먹어치웠다……. 몸 상태에 변화도 없고, 무언가가 바뀐 듯한 기분도 들지 않았다.

혹시 진짜로 단순한 착각이었던 걸까? 그런 불안감이 밀려들었다.

"루시엘 님, 몸에 뭔가 위화감은 없으신가요?"

"……물체X를 아무렇지도 않게 마셨어……."

나디아는 내 몸을 걱정해줬고, 리디아는 물체X를 태연하게 마신 나를 보고서 믿기지 않는 듯한 표정을 지었다.

그러고 보니 두 사람과 만난 뒤로 레벨을 올리기 위해서 물체X를 마시지 않았다. 정화 마법도 발동할 수가 없어서 마법 주머니 안에 쭉 봉인해뒀었지.

"몸에서 위화감은 느껴지지 않아. 그보다도 다 먹었는데도 전혀 변화가 없는 게……."

상태창을 열어봤지만 성속성 마법 항목은 여전히 회색이었다. 현자가 되었거나, 혹은 직업이 늘어나지도 않았다.

아무런 변화가 없는 건 예상 밖이었다. 난 충격에 다리를 후들

거리다가 의자에 털썩 주저앉았다.

이게 백색 열매가 아니었던 걸까? 실은 그냥 맛난 과일일 뿐이고, 그마저도 물체X를 먼저 마셔서 못 느낀 건가? 머릿속에서 그런 생각이 자꾸만 맴돌았다. 몸이 떨리기 시작하더니 이윽고 힘이 쭉 빠져나갔다.

이제는 수십 년 동안 수행을 하든가, 아니면 용이 우글거린다는 태고의 숲에 가서 박애의 나무를 찾는 수밖에 없단 말인가.

그나저나 어째서 땅바닥이 이렇게 가까이에 있는 거지? 머릿속에서 그런 의문이 솟은 순간, 그 답을 미처 도출해내기도 전에 눈앞이 새카맣게 물들어버렸다.

의식은 또렷한데 설마 충격을 받아 쓰러질 줄이야 한심스럽다.

이대로는 두 사람에게 걱정을 끼칠 것 같아서 기합을 불어넣으며 일어서려고 했다.

그러나 몸에 힘이 전혀 들어가지 않았다.

마음과 신체의 균형이 흐트러지면 이렇게 되는 거구나.

어쩔 수 없이 우선은 심호흡하고서 눈을 뜨려고 했다. 바로 그때 비로소 위화감을 알아차렸다.

그저 눈을 감고 있어서 앞이 캄캄한 줄 알았는데 눈을 똑바로 뜨고 있었다.

그리고 서서히 눈이 익숙해진다.

그러자 암흑이었던 세계가 조금씩 보이기 시작했다. 그런데 이번에는 내가 어디에 있는지 모르겠다.

……여긴 어디야? 어라? 목소리도 안 나와.

의식만 깨어 있는 듯했다.

근처에 있는 두 사람에게 깨워달라고 하고 싶어도 전할 방법이 없었다.

그러다 난 이곳에 나디아와 리디아의 인기척이 느껴지지 않음을 깨달았다.

그 순간 심박수가 단숨에 상승했다.

나는 뭔가가 잘못됐다는 생각에 필사적으로 상황을 확인했다. 방금 먹었던 백색 열매가 영향을 끼친 게 아닐까.

바로 그때 앞쪽에 검은 소용돌이가 나타났다.

혹시 저 소용돌이에 뛰어들라는 건가? 그렇게 생각하자마자 찬란한 빛이 세계를 비췄다. 그 빛이 잦아들자 검은 소용돌이가 말끔히 사라졌다.

캄캄했던 공간이 어느새 새하얀 공간으로 바뀌었다.

대체 여긴 어딜까? 그리고 내 눈앞에 있는 저 4개의 구체는 대체 무엇일까…….

백은색, 심홍색, 황토색, 노란색……?

혹시 저 구체는…….

"성룡, 염룡, 토룡, 뇌룡인가?"

아까 전까지는 목소리가 나오지 않았는데 지금은 말을 할 수가 있다.

내 말에 호응하기라도 하듯 4개의 구체가 반짝이더니 성룡, 염룡, 토룡, 뇌룡이 머리를 나란히 세운 채 출현했다.

다만 정말로 머리만 출현했기에 나머지를 보고 싶었다면 후회했을 듯하다.

"오랜만이로구나, 루시엘이여. 현자로 이르는 길을 순조롭게 나아가고 있는 듯해서 안심했다."

성룡이 말을 걸어왔다.

이전보다 발음이 매우 좋아졌다.

치유사 직업을 잃어 적잖게 충격을 받았던 나는 성룡의 무신경한 말을 듣고 부아가 치밀었다.

"딱히 현자가 되고 싶어서 나아가고 있는 게 아냐!"

나는 감정을 실어서 그대로 외치고 말았다. 그런데 이내 분풀이에 불과하다는 걸 자각했다.

"방금 그 말은 순전히 분풀이였습니다. 느닷없이 소리쳐서 죄송합니다. 실은 성룡과 다시 만날 기회가 생긴다면 감사 인사를 제대로 하고 싶었어요. 당신이 뼈와 비늘을 남겨준 덕분에 전 죽지 않고 여태껏 살아남을 수 있었습니다. 정말로 고맙습니다."

"캇캇카. 공손하구나. 이쪽도 무신경했다. 그나저나 성격이 제법 변한 모양이군. 이 몸이 해방되기 전까지는 줄곧 의심만 했었는데."

성룡이 기뻐하듯 말했다. 그때는 삶과 죽음이 갈리는 극한 상황이었다고 기억하고 있다.

뭐, 토룡이나 뇌룡과 전투를 경험한 덕분에 성룡이 얼마나 자애로운지 깨닫게 됐지만…….

"혈기가 앞섰다고 해야 하나, 전생룡을 처음 봤던지라 경계했습니다. 지금은 성룡을 가장 먼저 해방해서 다행이라고 생각하고 있어요."

그러자 염룡이 대화에 끼어들었다.

"성룡, 시간이 별로 없다. 뭐, 용신의 무녀를 찾아낸 건 칭찬해 주고 싶으나 설마 정령왕의 가호를 가진 자가 그 여동생이었을 줄이야……."

나디아는 그렇다 치더라도 리디아도 알고 있었던가……. 혹시 가호를 받은 자의 상황을 어느 정도 알 수 있는 걸까?

"염룡, 뭐, 상관없지 않나. 루시엘이여, 이 세계는 중혼(重婚)도 인정하고 있으니 하나를 정하지 못하겠거든 양쪽 모두를 아내로 삼아도 좋다."

성룡이 무마하고자 말했으나 이내 토룡이 끼어들었다.

"루시엘이여, 용신의 무녀만 취해라. 한 번 반하면 일편단심이다. 자, 시간이 없으니 본론을 말하지. 넌 이제 깨어나면 현자가 되어 있을 것이다. 그러나 넌 성속성 마법을 제외한 나머지 마법을 구사하지 못하겠지."

현자가 될 수 있다는 토룡의 말을 들으니 안심이 된다. 그러나 성속성을 제외한 나머지 마법은 구사할 수 없다는 말에는 당혹스럽고 혼란스러웠다.

"그건 정령의 가호와 용의 가호가 서로 반발하기 때문인가요?"
"그렇다. 뭐, 무녀가 해결해줄지도 모르겠으나……."
그렇다면 정령과 용의 힘을 얻을 예정이었던 루미나 씨는 대체 어떤 존재가 될 예정이었던 걸까.
"정령과 용의 무녀가 될 예정이었던 분이 계시는데, 그 경우에는 힘을 어떻게 제어하게 되는 겁니까?"
궁금한 나머지 무심코 쓸데없는 말을 내뱉고 말았다.
"그게 무슨 소리냐?"
"그게, 블랑주 공국에서 용신과 정령왕의 가호를 받아야 했을 분이 있었습니다. 그런데 그분은 귀족 특권으로 성인식을 맞이하기 전에 성기사 직업을 취득할 수 있음을 알고서 성인이 되기 전에 블랑주 공국을 떠났죠. 그로부터 적어도 5년 넘게 흐른 뒤에 나디아와 리디아가 각각 무녀가 됐다고 본인들한테서 들었던 지라."
원래 성인식을 받는 기준은 15살이다. 가호를 받기 위해서 성인식을 치르는 것인지 잘 알지 못해서 일단 물어봤다. 그런데 전 생룡들의 상태가 이상하다…….
""""""……."""""""
"저기?"
"그 녀석, 그토록 중요한 것을 숨겨뒀던가. 다음에 만나거든 설교를 해줘야겠군. 루시엘이여, 이 혹성 갈다르디아와 우리는 비슷한 시기에 탄생했다. 그로부터 현재에 이르는 오랜 시간 동안 용의 가호와 정령의 가호를 모두 보유한 인류는 헤아릴 수 있을 정도로 적다."

그 녀석은 대체 누구? 그리고 뇌룡이 토룡의 이야기를 태연하게 이어받은 건 그렇다고 치고, 뭐, 용과 정령의 가호를 모두 보유한 것이 얼마나 특수한지는 알겠다.

수많은 사람이 가호를 보유했다면 가호의 고마움이 줄어들었을 테니까…….

그러자 이번에는 성룡이 이어서 말했다.

"정령과 용이 인간들한테 가호를 내려줄 수 있게 된 뒤로 운이 좋은 건지 나쁜 건지 양쪽 가호를 모두 받은 자가 생겨났다. 그러나 예외 없이 가호들이 서로 반발하여 힘을 사용할 수 없게 됐지."

"근데 예외가 있었군요."

"그렇다. 우리들의 힘과 정령의 힘을 합쳐서 승화시켜 사용한 이례적인 자가 출현했다."

"레인스타 경의 존재는 그야말로 이례적이라고 생각해요."

"레인을 알고 있다니 얘기가 빠르군. 우리들의 혼이 담긴 목걸이를 소지하고 있지?"

"예. 지금은 마법 주머니 안에 소중히 넣어뒀지만요."

"원래 공간으로 돌아가거든 앞으로 늘 목에 걸고 다녀라. 그리고 마법을 이미지하여 발동할 때 우리들의 이름을 조합하는 거다. 그러면 그대가 추구하는 패력(覇力)을 스스로 깨달아갈 수 있겠지."

"……아뇨, 아뇨, 아뇨, 제가 추구하는 건 패력이 아니라 치유하는 힘인 성속성 마법이라고요."

패운을 취득하긴 했지만, 패왕을 될 생각은 1mm도 없다.

"뭐야, 그랬나?"

내 말을 듣고서 성룡이 굉장히 가벼운 느낌으로 중얼거리고서 윙크를 했다. 그와 동시에 푸르께한 빛이 몸 안으로 들어왔다.

왠지 몸이 포근하게 따뜻해지기 시작했다.

"응? 슬슬 시간이 다 된 모양이로군. 루시엘, 네게 자식이 생기거든 내 가호를 내려주도록 하마."

염룡이 그렇게 말했다.

"아쉬울 터지만 어쩔 수 없다. 루시엘이여, 용족이 최상의 존재라는 걸 잊지 마라."

토룡은 용이 최고라는 말을 꼭 남기고 싶었나 보다.

"다음에는 용신님을 알현할 때나 보게 되겠구나. 그때는 용신의 무녀와 원래 무녀가 될 예정이었던 자도 데려오너라."

뇌룡의 상냥한 말이 가슴에 스며들고 있을 때 마지막으로 성룡이 늘 빼먹지 않는 그 말을 입에 담았다.

"이 세계에 갇혀 있는 우리 동포를 해방하여 마족의 침공을 저지해주기를 기원하마."

"자, 잠깐! 마족의 침공을 저지하는 임무를 은근슬쩍 추가하지 마세요!"

""""안녕히.""""

내 말을 무시하고서 네 용이 다시 구체가 되어 빛을 방출했다.

시야가 새하얗게 물들었다.

"으윽."

"루시엘 님, 역시 속이 거북하신 건가요?"

"물체X도 모자라서 정체 모를 과일까지 먹어서 그래요. 언니, 저희가 어떻게든 말렸어야 했을까요?"

눈 부신 빛과 함께 현실로 귀환했다. 그런데 무슨 영문인지 쓰러져 있는 줄 알았던 내가 여전히 의자에 앉아 있었다. 시간이 거의 흐르지 않은 듯하다.

두 사람은 내가 속이 거북해서 의자에 앉아 입을 꾹 다물고 있는 거라고 여기는 듯하다.

내가 줄곧 입을 열지 않자 두 사람이 당황하기 시작했다. 나는 괜찮다고 말하고서 방금 일이 꿈이 아니기를 바라면서 상태창을 확인했다.

평소처럼 홀로그램 창이 출현하여 확인하기 시작했다. 물방울이 떨어져 손등에 툭 부딪혔다.

눈에서 눈물이 멋대로 흘렀다.

그렇다. 나는 치유사가 아니라 현자로 탈바꿈하는 데 성공했다.

그리고 중요한 문제가 하나 더 해결됐다.

"아싸~!"

정신을 차려보니 나는 외치고 있었다.

두 사람이 그런 내 행동에 놀라 어리둥절했다. 나는 현자로 직업이 바뀌었다는 점과 성속성 마법을 되찾았다는 걸 알렸다.

두 사람은 내 말에 크게 기뻐했다.

나는 달리 더 바뀐 게 없는지 상태창을 자세히 확인해봤다. 그 이외에는 딱히 달라진 점은 없는 듯했다.

직업이 치유사Ⅹ에서 백색으로 표시된 현자Ⅰ로 바뀌었다. 성속성 마법을 되찾은 것만으로도 흥분된다.

칭호 다정령의 가호가 여섯 정령의 가호로 바뀌었다. 그러나 능력치 변화는 레벨이 오르지 않아서 미미했다.

다만 최근 3개월 동안 매일 검을 휘둘렀던 덕분인지 검술 스킬 레벨이 하나 올라가서 조금 기뻤다.

STATUS ———— OPEN

이름 : 루시엘

직업 : 현자Ⅰ, 4속성 용기사Ⅳ

나이 : 22

LV : 193

HP : 7310 MP : 5300

STR : 852 VIT : 932 DEX : 801 AGI : 825

INT : 966 MGI : 962 RMG : 960 SP : 86

[스킬]

「숙련도 감정Ⅰ」「호운Ⅰ」「패운Ⅰ」「한계 돌파Ⅰ」

「체술Ⅵ」「검술Ⅵ」「창술Ⅳ」「방패술Ⅳ」「궁술Ⅰ」
「이창검술Ⅳ」「투척술Ⅵ」「보행술Ⅷ」
「마력 조작Ⅹ」「마력 제어Ⅹ」「마력 증폭Ⅲ」「신체 강화Ⅵ」
「영창 생략Ⅸ」「영창 파기Ⅶ」「무영창Ⅳ」「마법진 영창Ⅵ」
「다중영창Ⅲ」「성속성 마법Ⅹ」

「명상Ⅸ」「집중Ⅸ」「통솔Ⅲ」「위험 감지Ⅷ」「기척 감지Ⅴ」
「마력 감지Ⅴ」「색적Ⅰ」「해체Ⅳ」「기승Ⅲ」「생명력 회복Ⅸ」
「마력 회복Ⅸ」「병렬 사고Ⅶ」「사고 가속Ⅲ」「공간 파악Ⅱ」
「함정 감지Ⅳ」「함정 탐지Ⅲ」「함정 해제Ⅲ」「지도 작성Ⅴ」

「HP 상승률 증가Ⅸ」「MP 상승률 증가Ⅸ」
「STR 상승률 증가Ⅸ」「VIT 상승률 증가Ⅸ」
「DEX 상승률 증가Ⅸ」「AGI 상승률 증가Ⅸ」
「INT 상승률 증가Ⅸ」「MGI 상승률 증가Ⅸ」
「RMG 상승률 증가Ⅸ」「신체 능력 상승률 증가Ⅸ」

「독 내성Ⅸ」「마비 내성Ⅸ」「석화 내성Ⅸ」「수면 내성Ⅸ」
「매료 내성Ⅶ」「저주 내성Ⅸ」「허약 내성Ⅸ」「마력 봉인 내성Ⅸ」
「질병 내성Ⅸ」「타격 내성Ⅶ」「환혹 내성Ⅸ」「정신 내성Ⅹ」
「참격 내성Ⅸ」「자돌 내성Ⅶ」「위압 내성Ⅴ」

[칭호]

운명을 바꾼 자, 운명신의 가호, 성치신의 축복, 다룡의 가호, 여섯 정령의 가호, 용멸사, 용살자, 거인 퇴치자, 마수 퇴치자, 사신을 물리친 자, 봉인을 해방하는 자, 용신의 인도를 받는 자

STATUS ━━━━━━━━━━━━━━━━━━━━ OPEN

능력치를 보면서 노력하면 결과로 보여주는 세계로 전생한 것을 다행이라고 여겼던 그 당시가 떠올랐다. 나는 힐을 발동하기로 했다.

"'주여 나의 마력을 양식으로 그를 치유하소서. 힐.'"

오랜만에 힐을 영창하여 몸이 회복되어가는 이미지로 발동해 봤다.

그러자 그리운 푸르께한 빛이 손에 화악 깃들더니 반짝이기 시작했다.

그러나 기억 속 힐과는 조금…… 전혀 달랐다.

마력 소비량은 거의 바뀌지 않았는데 효과가 미들 힐 수준까지 뛰었다.

"이것이 현자……. 직업 레벨이 낮은데도 장난이 아닌걸."

지금 나는 모르는 사람이 봤더라면 분명 질색할 정도로 싱글벙글 웃고 있겠지. 나디아와 리디아도 함께 기뻐했다.

"루시엘 님, 정말로 축하드립니다."

"잘 됐어요. 정말로 잘 됐습니다."

아까와 달리 두 사람이 웃으면서 울어줬다.

혹시 현자가 되더라도 성속성 마법을 사용하지 못하는 경우가 벌어질까 걱정했던 걸까?

두 사람은 줄곧 나를 챙겨줬고, 정신적으로 상당히 도움을 줬다.

진심으로 감사한다. 가능하다면 앞으로도 두 사람을 돕고 싶다.

"이로써 매일같이 신체를 혹사했던 수련도 끝이네요."

"줄곧 말하고 싶었어요. 루시엘 님의 수행 방식은 조금 고지식하다고 해야 할까, 한밤중까지 단련하는 건 너무 지독하다고 생각했습니다."

치유사 직업을 상실하면서 각성한 생물로서의 본능을 발산하고자 근육 트레이닝에 몰두했었다.

수컷은 육체적으로, 정신적으로 약해졌을 때일수록 더욱 자손을 남기고 싶어 하는 모양이다. 네르달에 온 지 일주일쯤 지났을 무렵부터 번민하는 나날이 쭉 이어졌다.

그걸 아는지 모르는지 두 사람이 유혹하는 것으로 착각할 만한 행동을 보이는 때가 많았다. 그리고 에리나스 씨 일행이 마도서고 부근에서 가까이 접근해온 적도 있었다.

그런 걸 할 때가 아니라고 자신을 타이르면서 강철 같은 의지로 모든 유혹을 떨쳐냈다…….

그래도 위험한 순간이 있었다. 그럴 때면 최종병기인 천사의 베개에 몸을 맡겼다. 후련한 기분으로 이튿날 아침을 맞이할 수 있었으니 천사의 베개가 있어서 정말로 다행이라고 감사하고 싶을 지경이었다.

"두 사람한테 걱정을 끼쳐서 미안해. 참고로 한밤중까지 훈련했던 이유를 솔직히 말하자면 두 사람 다 매력적인데 나랑 생활하는 게 익숙해져서인지 무방비해지는 경우가 많았어. 그래서 번뇌에 굴복하지 않도록 노력했던 거야."

매력적이라는 소리가 부끄러웠는지, 아니면 내 발언이 징그러웠는지 두 사람이 고개를 푹 숙이고 말았다.

그래도 나는 느꼈던 바를 솔직하게 계속 말해나갔다.

"분명 스승님과 라이오넬은 성속성 마법을 잃어버린 나보다 더욱 책임감을 느끼며 깊이 상심하고 있을 거야. 그러니 그 두 사람을 위해서라도 성속성 마법을 되찾고 말겠다는 일념뿐이었어."

스승님과 라이오넬 이야기를 하자 두 사람이 고개를 들고서 연거푸 크게 끄덕였다.

"두 분을 생각하면서 노력을 했던 거군요."

"루시엘 님……."

두 사람이 묘하게 감탄하고 있다. 그러나 두 사람을 위해서이기도 하지만, 성속성 마법은 내 마음의 의지처다. 물론 스승님이나 라이오넬과의 관계를 원래대로 되돌리고 싶다는 것도 본심이긴 하다. 그러나 나는 고상한 정신으로 성속성 마법을 되찾으려고 하는 게 아니라서 왠지 조금 죄책감이 든다. 부정하는 것도 이상하고, 왠지 떨떠름한데…….

뭐, 두 사람이 감동한 모양이니 속내를 다 털어놓을 필요는 없겠지.

당장 마통옥으로 교황님과 모두에게 성속성 마법을 되찾았다는 소식을 전하고 싶었지만, 네르달에 도착하고 며칠 뒤에 마통옥으로 교황님께 연락을 취했을 때 도청을 조심하라고 주의를 들었다.

마력은 지문처럼 사람마다 다르다. 마통옥으로 연락을 주고받는 동안에 마력이 새어 나오는데 그 마력을 음성과 함께 수집하는 마도구가 있다고 한다.

애당초 네르달은 마법을 연구하는 우수한 자들이 모여 있는 곳이니 도청될 가능성을 늘 염두에 둬야만 하며, 긴급한 때를 제외하고는 연락하지 말라고 엄명을 받았다.

결국 나는 성 슈를 공화국으로 귀환하고서 연락하기로 했다.

물론 모두에게도 도청 이야기를 전해뒀다. 스승님과 라이오넬 등 일행과도 줄곧 연락을 취하지 않았고, 그쪽에서 연락한 적도 없었다.

그래서 오랜만에 연락을 하려니 망설여졌다.

스승님은 모험가 길드 업무로 늘 바쁘고, 업무를 마치면 마물을 사냥하여 레벨을 올리겠다고 했었다. 라이오넬 일행도 이에니스에서 수행하고 있겠지.

어깨의 짐을 하나 내려놨더니 하계가 어떻게 돌아가고 있을지 궁금하네.

이따가 바람의 정령에게 하계에 관해 물어보자……. 하계라고 하면 뭔가 잘난 것처럼 들리니 지상이라고 해야겠네.

머릿속으로 여러모로 생각하다가 그만 집중하고 말았나 보다. 눈앞에 나디아와 리디아가 있는 걸 깜빡 잊었다.

"루시엘 님, 듣고 있나요?"

"아, 미안. 그래서 뭐라고 했지?"

"용을 해방한 뒤에 바로 지상으로 돌아가실 건가요?"

아, 어차피 전생룡도 만나야 하는구나.

나는 그냥 그들을 해방한 뒤에 연락하기로 했다.

"전생룡과 만나봐야 알겠지만, 아마도 그럴 거야. 네르달에서 아직 더 조사하고 싶은 게 있어?"

"아뇨, 조사는 이제……. 다만 모처럼 공중 도시에 왔는데 단 한 번도 마술사 길드 부지 밖을 나가본 적이 없어서 가능하다면 네르달의 도시를 거닐어보고 싶어요."

리디아가 조금 부끄러워하며 말했다.

돌이켜보니 분명 마술사 길드 밖으로 한 발자국도 나간 적이 없었다.

그 멋들어진 정원을 보면서 시간을 느긋하게 보내지도 못했고, 공부와 수행을 하다가 파김치가 되어 늪과도 같은 잠에 빠져드는 나날만을 보내왔다.

물론 두 사람에게 자유롭게 행동해도 좋다고 허락했고, 시간을 마음대로 보내라고도 권했다. 그러나 결국 공부하고 수행하는 나와 함께 어울려줬다.

그러니 그만한 부탁조차 들어주지 않는다면 벌을 받겠지.

"듣고 보니 여기에 온 뒤로 한 번도 마술사 길드 밖으로 나간 적이 없었네. 내가 그럴 만한 여지를 주지 않았구나. 전생룡이 해방되면 네르달을 둘러볼 수 있도록 올포드 씨한테 부탁해볼게."

첫날에 올포드 씨도 안내해주겠다고 했다. 그런데 결국 길드에만 틀어박혀 있었으니 까먹었는지도 모르겠네.

내가 말하자 두 사람은 기쁜지 서로의 손을 맞잡았다. 그 광경을 보고서 여러모로 꾹 참고 있었구나 싶었다.

그만큼 나에게 주변을 돌아볼 여유가 없었다는 거겠지.

시야가 좁아졌음을 반성하며 타인에게는 상냥하게, 스스로에게는 엄격한 사람이 될 수 있도록 의식하면서 살아가기로 했다.

그 뒤에 무구를 장비하고 전투 준비를 끝마친 우리는 바람의 정령과 만나기로 한 분수에 가기 전에 훈련장에 와 있었다.

"루시엘 님, 현자가 되셨으니 분명 다른 속성 마법도 발동할 수 있을 겁니다."

"여섯 정령님의 가호를 획득했으니 분명 정령님들도 힘을 빌려주실 거예요."

두 사람의 응원은 고맙지만, 용들과 만났을 때 들었던 이야기가 사실이라면 성속성 마법 이외의 마법은 아직 구사할 수 없겠지.

그래도 나는 용들의 말을 믿고 용의 목걸이를 목에 건 뒤 환상지팡이에 마력을 주입하고서 훈련장 벽을 보면서 나직이 말했다.

"염룡, 발동……?"

그러나 아무것도 발사되지 않았다. 마력이 빠져나간 느낌도 전혀 들지 않았다.

훈련장이 정적에 휩싸이자 살짝 창피한 기분이 들었다.

나디아와 리디아가 미적지근한 눈빛으로 쳐다보는 듯했다. 평범한 속성 마법을 시도해볼 걸 그랬나…….

실은 영창해야 하는 마언(魔言)을 외우지 않았기에 다른 속성 마법을 정확하게 발동하는 건 포기해야 할 듯하다.

나는 아무 일도 없었다는 듯이 환상지팡이를 환상검으로 변환하여 평소처럼 참격을 날리는 이미지를 굳히며 자세를 취했다.

그리고 마력을 환상검으로 흘리면서 이번에야말로 밖으로 방출되기를 바라면서 검을 힘껏 휘두르며 외쳤다.

"염룡검!"

그 순간, 마치 생추어리 서클이나 생추어리 배리어를 무영창으로 다중 발동한 것처럼 마력을 쥐어짜는 듯한 감각이 느껴졌다.

그러나 나를 놀라게 한 것은 소비 마력뿐만이 아니라 염룡검의 위력이었다.

단순한 참격이 아닌 작은 진홍색 뱀이 환상검에서 방출되어 순식간에 훈련장 벽까지 도달하더니 덥석 물어버렸다.

콰아아아아아아앙.

그 엄청난 위력과 폭발음에 순간 네르달이 뒤흔들린 줄 알았다.

염룡검의 위력이 차원이 다르다는 건 확실하다. 왜냐면 흠집이

나지 않을 줄 알았던 훈련장 벽에 직경 30cm 구멍이 뚫렸기 때문이다.

더욱이 화염이 꺼지지 않고 아직도 타오르고 있다.

"날아가는 참격이라기보다 날아가는 용……. 비룡참이라고 불러야 하려나."

곧바로 상태창을 확인해보니 그 황당한 위력에 비례하듯 일격에 마력이 천이나 소비됐다.

다섯 발을 쏘면 끝이라니. 완전히 비장의 패다.

더욱이 위력이 너무 강해서 사람과 대련할 때는 사용할 수가 없다.

스스로가 벌인 일에 벌벌 떨면서 두 사람에게 감상평을 묻고자 뒤를 돌아보니 아직도 타오르고 있는 벽을 응시하면서 굳어 있었다.

"마력이 장난 아니게 소비돼서 연속으로 쓸 수는 없을 것 같아. 각자 느낀 바가 있다면 들려줬으면 좋겠어."

"루시엘 님, 방금 그건 대체? 무슨 마법……. 애당초 마법인가요? 용의 파동이 섞여 있는 것 같았는데요……."

"화염의 뱀이 날아가는 건 처음 봤습니다. 게다가 위력이 굉장해요!"

마법을 잘 다루지 못하는 나디아는 지금껏 마법을 발동하지 못했던 나에게 동료 의식도 느끼고 있었겠지. 그런데 느닷없이 위력이 이상한 마법을 발동해서 나디아가 조금 동요한 모양이다.

그러나 두 사람의 표정을 보아하니 염룡검을 꽤 높이 평가한 모양이네.

"루시엘 님, 저도 가능할까요?"

"나디아, 이건 정령의 가호와 용의 가호가 내부에서 반발하는 내가 억지로 발동한 거야. 그러니 아마도 나밖에 사용하지 못할 거야. 게다가 흉내를 낼 필요도 없다고 봐."

"억지로요? 루시엘 님, 훌륭한 공격 마법이라고 생각해요."

나를 칭찬하면서 웃는 나디아의 얼굴에 그늘이 살짝 드리워진 듯했다.

그래서 어젯밤에 바람의 정령과 대화를 나누면서 얻은 정보를 나디아에게 알려주기로 했다.

"용의 가호를 받은 자는 그 마력으로 신체 능력을 향상할 수 있어."

"그건 왠지 알 듯합니다."

"그러니 평범한 날아가는 참격은 나보다 나디아가 더 일찍 습득할 수 있을 거야. 마법의 위력은 마력 제어 능력의 차이에서 비롯된다고 봐. 마력이 신체 능력을 끌어올리는 데 쓰이니 마력을 능숙하게 제어하지 못하면 속성 마법의 위력도 떨어지지."

"뭔가 방법이 없을까요……."

"여러 속성이 아니라 한 가지 속성만 연습하는 편이 마력을 더 잘 느낄 수가 있고, 제어하는 데도 익숙해지지 않을까."

"한 가지 마법 말인가요……. 그렇다면 뇌속성에 중점을 두고 싶습니다.”

나디아가 낙담한 모습을 감추려는 듯 웃었다. 그러나 오히려 서글프게 느껴졌다.

약 3개월 동안 수행을 하면서 마법을 쓸 수 있게 됐지만, 위력이 약했다.

검사 직업, 그리고 칭호로 받은 용신의 무녀 때문에 획득할 수 있는 숙련도가 낮기 때문인지도 모른다.

다만 나디아는 신체 강화를 더욱 갈고 닦는 편이 더 강해질 수 있을 것 같은데 말이야.

“나디아, 마력 조작이나 마력 제어 스킬은 취득했어?”

“아뇨, 노력만 하면 누구든 익힐 수 있다고 책에 적혀 있었지만 어려워서…….”

내가 봤던 교본과 저자가 다른 모양이네.

그건 제쳐두고, 두 사람에게서 본인들의 마력에 관해 자세히 이야기를 들어봤더니 의외의 사실이 밝혀졌다.

본인들의 마력조차 모호하게 감지하고 있을 뿐만 아니라 마력을 운용하는 법도 잘 모르고 있는 듯했다.

리디아도 정령 마법을 사용할 수 있긴 하지만, 엄밀하게 말하자면 마력 제어는 정령이 대신해줬다고 한다. 그래서 네르달 체류 초기에는 나디아와 별반 차이가 없었던 듯하다.

“나디아, 이건 마지막 수단인데 SP가 남아 있다면 마력 제어 스킬을 익히는 게 좋다고 생각해.”

"알겠습니다."

나디아가 내 말대로 마력 제어를 취득했다.

그리고 마력 제어 스킬의 레벨을 올리는 비결을 알려주고 나서 비로소 훈련장을 나와 분수로 이동하기로 했다.

참고로 훈련장을 나설 즈음에 염룡검이 일으킨 불꽃이 꺼져 있었다. 순식간에 복구되어야 할 벽에 아직도 구멍이 뚫려 있었고 메워질 기미도 없었다.

훈련장을 망가뜨린 게 아닌지 불안했다. 변상할 일이 생기지 않기를 진심으로 바랐다.

12 편린

훈련장에서 새로운 힘을 시험해본 나는 나디아와 리디아를 대동하고서 네르달 중심에 있는 분수로 갔다.

올포드 씨는 이미 분수 옆에 있는 벤치에 앉아 책을 읽고 있었다.

"올포드 씨, 늦어서 죄송합니다."

사과하면서 말을 거니 올포드 씨가 책을 덮고서 느닷없이 마법을 영창했다.

순간 몸을 움츠렸다. 그런데 그가 발동시킨 것은 공격 마법이 아니라 분수 중심에 있는 초록색 결계였다.

"이로써 누가 엿보거나 도청할 우려가 사라졌다. 루시엘 공, 아까 훈련장에서 아주 엄청난 폭발음이 들리던데……. 이럴 수가, 자력으로 현자가 됐나?"

올포드 씨가 감정 스킬을 사용했는지 아연실색하며 굳어버렸다.

교황님께서 도청에 주의하라고 했던 이유는 감정 스킬을 가진 올포드 씨 때문이 아니라 역시나 타국에 대한 경계심을 심어주기 위해서였겠지.

그런데 지금 내 눈앞에 있는 건 정령일까 아니면 올포드 씨일까?

"여기서 외치면 가호가 없어지는 겁니까?"

"그건 잊으라고 말했을 텐데? 그만둬라!"

내가 진지한 얼굴로 묻자 사납게 만류했다.

아마도 현재는 바람의 정령이 표면에 나와 있는 듯하다. 어둠의 정령과 달리 압박감이 그리 크지 않아서 판단하기가 어렵다.

그나저나 어째서 바람의 정령이 이토록 주변을 경계하는지 잘 모르겠다.

바람의 정령이라면 자유롭게 다룰 수 있는 영역도 꽤 넓을 테니 무슨 이변이 벌어지더라도 금세 알아차릴 수 있을 텐데…….

"왜 이렇게까지 경계를? 올포드 씨도 도청 같은 건 밥 먹듯이 벌어진다는 걸 아실 텐데요."

"으음……. 결계를 펼친 이유는 앞으로 벌어질 일이 외부로 새어 나가면 네르달을 유지하기가 어려워지기 때문이야. 그런데 올포드 녀석은 누굴 후계자로 삼을지 속에서 고민하고 있으니……."

생각보다 중대한 이유였다. 앞으로 벌어질 일이라 하면 네르달의 중추로 가는 것을 말하는 거겠지. 만약에 네르달에 전생룡이 존재한다면 있을 곳은 중추뿐일 테니.

그나저나 후계자를 정하지 않으면 네르달은 대체 어떻게 되는 걸까? 바람의 정령이 다른 누군가와 계약을 맺는 건가? 뭐, 추락할 리는 역시나, 없겠지…….

"올포드 씨는 언제부터 고민하고 있었던 겁니까?"

"어언 수년째 이러고 있다. 정말이지 우유부단한 녀석과 계약을 맺어버렸구나. 뭣하면 그대가 후계자가 되겠나?"

바람의 정령은 지긋지긋하다는 듯한 포즈를 취한 뒤 좋은 생각이랍시고 허언을 내뱉었다. 그런데 아주 즐거워 보였다.

"혹시 줄곧 올포드 씨 흉내를?"

"아니, 그대들이 네르달에 처음 왔을 때, 하치족의 벌꿀과 관련된 일이 벌어질 때마다, 그리고 그대들이 마법 수련을 시작했을 때는 올포드의 의식이 바깥에 나와 있었다. 기본적으로 젊은이를 지원하는 게 취미인 남자인지라 그대 역시 진지하게 지켜보고 있었지."

바람의 정령이 부드럽게 웃으며 진지하게 말했다.

그렇다면 그 자료를 만들어준 사람은 올포드 씨였다는 거네.

처음에는 익살스럽고 종잡을 수가 없어서 신뢰해도 될는지 알 수가 없어서 스스로 마음의 벽을 쌓긴 했지만. 그래도 올포드 씨는 노력하면 노력한 만큼 호응해주는 괜찮은 사람이었기에 서서히 신뢰하게 됐다. 한때 경계했던 것을 후회하지는 않지만, 앞으로 더욱 양호한 관계를 쌓아가고 싶다.

다만 나디아가 마법을 잘 구사하지 못하는 진짜 이유도 올포드 씨가 알아차린 게 아닌지 마음에 걸렸다.

"젊은이가 열심히 노력하는 모습……. 특히 마법을 추구하는 모습이 젊은 시절 자신을 보는 것 같다고 했지."

'이 네르달을 찾아오는 자들은 하나같이 마법 연구를 하려고들 하는데, 마법의 진수를 추구하려는 자는 없는 것인가…….'

마법 수련을 하고 있을 때 그리 탄식하고 나서 마법을 추구하는 그 자세를 유지하며 노력하는 것을 잊지 말라고 나에게 당부

했던 것도 그런 이유였을지도.

우리에게 잘 대해줬던 이유를 알게 되어 조금이나마 후련해졌다.

"자, 여기서 계속 얘기를 해봤자 진행이 안 되니 우선은 중심지로 가자꾸나. 분수 안으로 들어가는 게야."

"이 분수가 록포드와 동일한 현상이었을 줄이야……."

"록포드와는 다르다. 분수처럼 보이도록 마도구로 꾸몄을 뿐이야. 물론 들어가더라도 젖지 않아."

그 말을 믿고서 분수 안으로 발을 내딛자 정말로 몸이 하나도 젖지 않았다.

바람의 정령이 또다시 마법을 영창하자 분수가 땅바닥 아래로 꺼지기 시작했다.

벽으로 둘러싸여 있어서 맞은편을 볼 수가 없었다.

"이건 마도 엘리베이터입니까?"

"그렇다. 단, 이 물건에는 장치가 되어 있지. 현재 이걸 작동시킬 수 있는 건 이 몸과 올포드뿐이니라. 그렇지! 원한다면 작동시키는 법을 알려주랴?"

왠지 오한이 느껴져 거절하기로 했다.

"사양하겠습니다. 앞으로 며칠 더 체류하고 나서 떠날 예정인지라……."

"……아쉽구먼."

방금 말한 사람은 바람의 정령이 아니라 올포드 씨였던 것 같은 기분이 든다.

머지않아 마도 엘리베이터가 정지했다. 목적지까지 다 내려온 듯하다.

눈앞에는 커다란 공간이 펼쳐져 있었다. 미궁의 보스방이 분명했다.

그 증거로 내 눈앞에 전생룡이 있는 곳으로 이어지는 봉인의 문이 존재했다.

"우리가 네르달에 왔을 때 이곳을 안내해주지 않았던 이유가 있었을까요?"

"글쎄~? 아마도 옛날에 교황인 폴나한테서 차였던 과거가 생각나서 교황의 총애를 받는 그대를 질투했던 거겠지. 혹은 그대가 있으면 폴나한테서 연락이 올 테니 잠자코 있었을지도 모르겠군. 후오후오후오."

과연. 교황님은 겉모습이 20살 전후로 보이지만, 이미 수백 년을 살아온 수명이 긴 종족이었지.

더욱이 레인스타 경의 딸이라서 그런지 일반 엘프에게는 없는 신비로움도 느껴진다. 그러니 그 심정을 모르는 바도 아니다.

사람의 마음은 눈에 보이지 않기에 풀기가 어렵다. 그러나 바람의 정령의 이야기가 사실이라면 모르는 사이에 마음의 응어리가 풀린 듯하다.

"그렇다면 어쩔 수 없네요."

나는 쓴웃음을 지으며 봉인의 문으로 걸어갔다. 문은 이미 열려 있었다.

"……봉인의 문이 열려 있다고?"

"이 네르달이 만들어진 이후로 줄곧 열려 있었다. 뭐, 일반인은 여기에 오더라도 최소한의 자격인 가호가 없기에 문 자체가 보이지 않고, 또 들어갈 수도 없으니 문제는 없겠지."

나는 아무것도 느껴지지 않지만, 나디아와 리디아는 괜찮으려나?

걱정돼서 쳐다보니 나디아는 괜찮아 보였다. 그러나 리디아는 심기가 불편한지 얼굴이 창백했다.

"올포드 씨의 몸은 괜찮습니까?"

"아니, 이미 상당한 압력에 시달리고 있다. 이 몸이 올포드의 신체를 보호하고 있어서 문제는 없지만, 녀석은 인간의 범주에서 벗어난 존재가 아니니까."

은근슬쩍 인간이 아니라고 인정을 받은 듯했다.

"그럼 리디아를 부탁드려도 되겠습니까? 저랑 나디아가 안으로 들어가겠습니다."

"……루시엘 님, 저도 갈게요."

리디아도 따라가려고 했지만 바람의 정령이 끼어들어 만류했다.

"아가씨는 여기서 이 몸과 바람의 정령 마법을 공부하자꾸나."

"하지만……."

아마도 처음부터 리디아와 계약을 맺고서 정령 마법을 지도할 작정이었겠지.

바람의 정령과 눈을 마주치자 빙긋 웃었다.
그러나 리디아는 매달리는 듯한 눈빛으로 이쪽을 쳐다봤다. 그러나 언니인 나디아가 잘 타이르기 시작했다.
"리디아, 루시엘 님은 내게 맡겨요. 나도 용신님의 무녀로서 해야 할 일을 완수할 테니 리디아도 정령왕의 무녀로서의 책무를 다하도록 해요."
"언니…… 알겠습니다. 두 분 모두 조심히."
이내 자신이 진정 무엇을 해야 옳은지 납득한 듯하다.
그 얼굴에서 비애가 느껴지지 않았다.
"알겠어. 그럼 바람의 정령. 리디아를 부탁합니다. 전 나디아랑 함께 전생룡을 만나고 올게요."
"음. 맡겨둬라."
그리하여 나와 나디아는 전생룡과 만나기 위해 봉인의 문을 지났다.

"긴장됩니다. 압박감은 없지만, 누가 쳐다보고 있는 것 같아요."
"뭐, 곧 전생룡도 나타나겠지."
문을 지나니 계단이 있었다. 우리는 아래로 나아갔다.
그리고 계단을 다 내려가기 직전에 평소처럼 쌍룡에게 생추어리 서클을 발동하려고 했지만, 실행하지 못했다.
《현자여, 모습을 보여라.》
《현자여, 우리들한테 그대의 가능성을 보여라.》

《《겁쟁이한테 가호는 줄 수 없다.》》

가호는 딱히 필요 없지만, 필시 해방되는 것 역시 거부할 듯하니 별수 없다.

"방금 전생룡이 말을 걸어왔는데, 나디아한테도 들렸어?"

"무슨 말씀인가요?"

나디아는 목소리를 듣지 못했는지 당혹스러운 표정을 지었다.

용신의 무녀라는 칭호는 갖고 있지만, 용과 대화하는 능력은 없는 모양이다.

아니면 정령과 마찬가지로 계약하지 않으면 대화할 수가 없는 걸까? 아직 모르는 게 많네.

"방금 전생룡이 날 불렀어. 실력을 시험하기 위해 전투가 벌어질지도 몰라. 마음을 단단히 먹고 가자."

"예."

우리가 계단을 다 내려가자 네르달에서 읽었던 책에 적힌 대로 수룡과 풍룡이 그 모습을 드러냈다.

여태껏 만나왔던 전생룡들과 달리 의식이 또렷했다. 비늘 등도 사악한 기운에 침식되지 않았다. 사신의 저주도 걸려 있지 않은 듯했다.

힘이 남아도는 것처럼 보이는 두 용이 공중에 뜬 채로 우리를 내려다보고 있었다.

어라? 사신의 저주에 걸려 있지 않다면 해방하지 않아도 되잖아……. 그렇게 생각하고 있으니 또다시 머릿속에서 목소리가 울렸다.

《우선 현자, 그리고 용신의 무녀여. 이곳에 잘왔다.》

《동포를 사신의 저주로부터 해방시켜준 점 고맙다.》

"어쩌다 보니 일이 잘 풀렸던 것뿐이지만, 도움이 되었다니 다행입니다."

두 용에게서 짓눌릴 것 같은 박력은 느껴지지 않았다. 온화한 분위기 속에서 대화가 이어졌다.

《그러나 우린 지상최강의 종족.》

《싸워야지만 비로소 그것을 증명할 수 있는 법.》

아무래도 패운 선생님은 호운 선생님보다 가혹한 듯하다. 무슨 영문인지 상황이 이상한 방향으로 전개되어 나갔다.

"……용족끼리 싸우실 겁니까?"

《《크핫핫. 현세대 현자는 재미있군.》》

《우리가 앞에 있는데도 여유를 부리다니, 참으로 재미있다. 싸우는 건 그대다.》

《물론 우린 전력을 다하지 않을 테니 안심하도록 해라.》

싸우는 걸 전제로 이야기가 진행되고 있다. 그러나 전생룡과의 전투를 앞두고서 안심할 수 있는 요소는 하나도 없다.

《하나 그대는 동포의 힘을 구사할 수 있으니 즉사하지 않는 선에서 공격하겠다.》

《우리와 훌륭하게 싸운다면 그대한테 가호를 주지.》

《《그대의 무(武)를 증명하라.》》

이 세계에는 분명 사신(邪神)과 사신(死神)밖에 없을 거라고 속으로 외쳤다.

눈앞에 있는 두 용이 눈빛을 반짝이며 웃었다.

그 광경을 보고서 무슨 영문인지 스승님이나 라이오넬과 대련을 했을 때가 떠올랐다.

그리고 생각했다. 요컨대 저 두 용은 전투를 즐긴다고…….

스승님이나 라이오넬이 이곳에 있었다면 틀림없이 기뻐하며 의기투합을 했겠지…….

뭐, 용종 자체가 호전적이라는 건 알겠다.

다른 전생룡들은 사신의 저주에 걸린 채로 전투를 벌였고, 내가 죽지 않도록 힘을 조절해줬겠지.

호운 선생님이 과할 정도로 행운을 선사해줬으니 분명 패운 선생님도 행운을 안겨주리라 생각했건만, 전투를 불러들일 줄이야…….

분명 두 용과 싸우고 나면 성장할 수 있기에 이 시련을 부여해준 거겠지.

그렇게 생각은 하면서도 나는 필사적으로 도망칠 구멍을 찾았다.

쌍룡이 무슨 말을 하는지 이해는 하지만, 전투를 전제로 말하지 않았으면 한다.

다만 쌍룡이 달아날 기회를 줄 리가 만무하니……. 바로 그때 나디아의 상태가 이상하다는 걸 알아차렸다.

나디아를 보니 이마에 구슬 같은 땀방울이 맺혀 있고 눈빛이 흐리멍덩했다.

"잠깐 기다려줘. 나디아의 상태가 이상해."

그러나 움직인 건 나뿐이었다. 두 용은 걱정하는 낌새도 보이지 않았다.

《걱정 마라. 우리는 무녀를 건드리지 않는다.》

《지금 우리를 통해 용신님과 대화를 나누고 있는 게 틀림없다.》

《무녀를 계단까지 데리고 가라. 우선은 이 몸이 상대하지.》

수룡이 그렇게 말했다.

《이 몸은 무녀를 보고 있을 테니 안심하고 전력을 다하도록 해라.》

풍룡이 그렇게 말하고서 바람을 부려 나디아의 몸을 띄우더니 아까 내려왔던 계단으로 옮겼다.

그러고는 눈에 보이는 초록색 막으로 휘감아 보호해줬다. 수룡의 목소리가 머릿속에서 울린다.

《몇 번이든 도전해도 좋다.》

《그러나 포기한다면 설령 그대가 현자일지라도 우린 인정하지 않을 것이고, 힘도 빌려주지 않을 것이다.》

《평온한 삶을 바란다면 무(武)와 지(知)와 화(和)를 추구하라.》

《그러면 그대의 꿈도 이루어질지니.》

《《노쇠하여 죽고 싶다라……. 크핫핫핫.》》

어째서 내 꿈을 알고 있는지는 제쳐두고, 아무래도 상관없으니 가호나 줘, 그리고 냉큼 전생해줘, 하고 마음속으로 절박하게 빌었다.

13 즐기는 마음과 가능성

이번에는 기존에 전생룡들과 싸웠던 공간보다도 두 배 정도 더 넓었다.

그런데도 좁게 느껴지는 이유는 눈앞에는 수룡이, 뒤에는 풍룡이 대기하며 떠 있기 때문이겠지.

그야말로 앞은 호랑이, 뒤는 늑대가 막고 있는 형국이다.

내가 원하는 때에 전투를 시작해도 좋다고 허락해줬다. 그러나 잔재주는 통하지 않겠지.

그러나 다짜고짜 큰 기술을 써봤자 결과는 뻔하다.

역시나 작은 기술을 구사해서…… 아니, 나는 일단 부정적인 생각을 멈추고서 조금이라도 상황을 유리하게 조성하고자 제안하기로 했다.

"수룡, 난 현자가 된 덕분에 용의 힘이 담겨 있는 비장의 기술을 쓸 수 있게 됐어. 하지만 연달아 다섯 발을 쏘면 마력이 고갈되고 말겠지. 그러니 미안하지만 회복될 때까지 기다려주지 않겠어?"

《좋다, 좋아. 전투는 무력으로만 하는 게 아니다. 그러니 지혜를 짜내어 이 몸을 궁지에 몰아보도록 해라.》

제안이라는 명목으로 흥정을 벌이려고 했던 내 잔꾀가 들통나고 말았다. 그러나 융통성이 있어서 살았다.

나에게 유리하도록 제한을 걸더라도 우위에서 싸울 수 있기에 허락해준 거겠지.

그러나 싸워보지도 않고 더 이상의 양보를 요구했다가는 자칫 역린을 건드릴 수도 있으니 그만두기로 했다.

"싸워봤자 상대가 되지 않을 테니 수룡이 전투 중에 알아서 힘 조절을 해줘."

《크으음.》

조금 당혹스러운지 신음하는 수룡을 보고서 나는 순식간에 마력을 체내에 순환시켜 신체 강화를 발동한 뒤에 물리 공격과 마법 공격의 대미지를 줄이고자 재빨리 에어리어 배리어를 발동하여 전투태세에 돌입했다.

"이번에는 4속성 용기사로서 수룡에게 도전한다. 자, 간다."

그렇게 직업을 밝히면서 단숨에 땅을 박찼다.

몸집이 저리도 거대하니 동작이 그렇게까지 날래지는 않으리라 판단했다.

지금껏 전생룡의 공격 중에서 가장 두려웠던 것은 피할 수 없는 브레스였다. 그걸 당할 바에야 견뎌낼 수 있는 물리 공격을 맞겠다.

그렇게 생각하고서 브레스를 뿜어낼 수 없는 거리에서 접근전을 벌이기로 했다.

나와 수룡과의 거리가 10m쯤으로 좁혀지자 환상검에 마력을 불어넣고서 새롭게 얻은 공격을 느닷없이 시도했다.

"염룡검, 뇌룡검, 토룡검."

어떤 기술을 쓰든 어중간하게 통할 바에야 차라리 대형 기술을 3연속으로 날려 정면 돌파를 꾀하는 편이 용을 상대로 정답일 것 같았다.

그러나 그 기술들의 특성을 제대로 파악하지 않았는데도 실전 때 바로 사용했기에 폐해가 발생했다.

염룡과 뇌룡은 수룡을 향해 날아갔지만, 토룡은 발동하지 않았다.

그래도 눈을 깜빡거리기도 전에 염룡검과 뇌룡검이 수룡에게로 달려들었다.

그 순간 엄청난 수증기가 피어올랐다.

마력을 절반 넘게 소비한 바람에 현기증이 났지만, 신체 강화를 풀지 않은 채 곧바로 추가 공격을 시도하려고 했다.

그러나…….

"아닛? 얼어 있다?"

어느새 발밑이 얼어붙어 꼼짝도 할 수가 없게 됐다.

수룡도 동시에 공격했구나, 하고 생각한 순간 염룡검 때문에 수룡 주변에 피어올랐던 수증기가 사그라졌다. 그 자리에는 얼음으로 몸을 뒤덮은 수룡이 아무 일도 없었다는 듯이 있었다.

"설마 전혀 통하지 않는다니."

《과감한 공격은 제법 괜찮았다. 하나 상대의 속성을 더 고려했어야지.》

"얼음까지 다룰 줄이야. 수룡이 아니라 빙룡으로 개명해야 하겠는데."

《물을 관장하는 이 몸이 얼음도 다루는 게 당연하지 않나. 다시 덤벼라……. 음?》

수룡의 공격에 대비하려고 했을 때, 예기치 않은 일격이 들어갔다. 수룡의 뒤에서 흙으로 된 용……의 박력은 사라졌으니 편의상 흙뱀이라고 하자. 어쨌든 토룡검에서 방출된 것으로 추정되는 흙뱀이 수룡의 등을 콱 물어버렸다.

더욱이 수룡도 예상치 못했는지 대미지를 주는 데 성공했다.

뭐, 그 사실에 가장 크게 놀란 사람은 다름 아닌 나 자신이지만…….

이 틈에 발을 얼어붙게 한 얼음을 어떻게든 부수려고 시도했지만 깰 수가 없었다. 더욱이 시간이 지날수록 발의 감각이 사라져 갔다. 순순히 성속성 마법으로 회복하는 편이 낫지 않을까 고민하기 시작했다.

《설마 혼자서 시간차 공격을 걸어놓고서 이 몸을 방심시키고자 대화를 유도하다니 이 얼마나 대단한 계략인가. 이 정도 수준이라면 전투가 지루하지는 않을 듯하다.》

그 순간 아무것도 없는 곳에서 물이 출현하더니 점점 부풀어나갔다. 그리고 수룡보다 더 커지고 나서 멈췄다.

《눈에 보이지는 않지만, 이 공기 중에도 물은 다량 존재한다. 이 몸은 그걸 공격이나 방어할 때 사용할 수가 있다.》

거대한 물 구슬에서 다 피할 수 없을 만큼 수많은, 야구공만 한

덩어리가 생성되더니 이쪽으로 날아들었다.

"상당한 위력이지만, 이쯤은."

우선은 발밑의 얼음을 부수고 싶었지만, 수룡의 공격이 거세지는 상황인지라 대형 방패로 어떻게든 방어할 수밖에 없었다.

《끄으으응, 답답하군.》

한동안 버티고 있으니 수룡이 마뜩잖아하는 소리가 들려왔다. 그러고는 발밑의 얼음이 환영처럼 사라져갔다. 순식간에 얼릴 수 있을 뿐만 아니라 없앨 수도 있는 듯하다. 정말로 초월적인 존재다. 이번에 수룡은 자신의 주변에 물의 결계를 펼쳤다.

《현자여, 그대는 속성 마법을 사용할 수 있는가?》

"못 합니다. 제대로 발동할 수 있는 건 성속성 마법뿐입니다. 애당초 갓 현자가 된 참이라 아직 모르는 것투성이라고요."

《그렇다면 불의 마력을 잘 운용하여 발에 집중시켜 봐라.》

나는 시키는 대로 화속성을 의식하여 마력을 운용했다.

그러자 방금까지 얼어 있던 탓에 감각이 무뎌져 있는 발에서 감각이 되살아났다.

"앗, 차가워?!"

그러나 그 순간 얼음이 또 느닷없이 출현하여 얼어붙고 말았다.

《화속성을 운용할 수 있다면 이번에는 제대로 이용하여 그 얼음을 녹여봐라. 움직일 수 있을 때까지 그 자리에 얼어 있어라.》

"……알겠습니다."

전투 때 속수무책으로 당하기만 했으므로 수룡의 지시에 따를 수밖에 없었다.

눈을 감고서 체내 마력, 그것도 화속성만을 추출하는 이미지를 떠올리면서 화속성 마력을 응축해나간다.

수룡과 풍룡의 시선이 느껴진다. 둘이서 대화를 나누고 있나 보다.

두 용이 기대에 못 미친다고 여기더라도 딱히 상관은 없다. 그러나 자칫하면 여기서 나가도록 평생 허락해줄 것 같지 않아서 수행의 일환이라 받아들이며 전력으로 임하기로 했다.

시간이 얼마나 흘렀는지 모르겠다. 발이 차갑다가 따가워지기 시작하더니 결국에는 아무것도 느껴지지 않게 됐다.

도중에 디스펠을 발동하면 얼음에서 빠져나올 수 있음을 깨달았지만, 그게 정답이 아니라는 것만은 알겠다.

같은 이유로 엑스트라 힐을 발동하여 회복하는 것도 용납하지 않을 것 같아서 자제하기로 했다.

그러나 마력을 운용하는 것만으로는 얼음을 녹일 수가 없었다. 타개책을 모색하고 있으니 머릿속에서 목소리가 울렸다.

《현자여. 우리 동포의 힘도 그렇고, 정령의 힘도 그렇지만 그대는 상식에 너무 얽매여 있도다. 조금 더 즐기는 마음을 가지지 않는다면 평생 얼음의 관에서 보내게 될 터인데?》

어째서 이런 때만 예상이 맞아떨어지는 건지 호운 선생님, 패운 선생님과 삼자대면하여 물어보고 싶은 심정이다.

"그건 제발 참아주세요. 영구동토에 봉인되는 취미는 없다고요!

그리고 즐기는 마음이라니요?"

《힌트를 주마. 이 몸은 아까 공격과 방어에 물을 이용했다. 모든 물로 공격도, 방어가 가능하다는 것이지.》

"공격과 방어를 동시에? 하지만 그건……."

《해보지도 않고 머리로만 판단하여 가능성을 닫다니, 이 얼마나 어리석은 짓인가. 작은 일로 쩔쩔매며 고민할 거라면 그냥 꽁꽁 얼려버리는 게 좋겠군.》

"뭐라고요? 잠깐만!"

내 몸이 순식간에 얼어붙기 시작하더니 얼굴을 빼고는 완전히 얼음에 구속되고 말았다.

《인간이란 진정 궁지에 몰려야만 잡념을 떨쳐낼 수 있는 존재지. 이제는 자기 힘으로 그것을 타파해봐라.》

수룡이 그렇게 말한 뒤 후방에 내려앉아 똬리를 틀고서 잠이 들었다.

참고로 풍룡은 이미 수룡과 마찬가지로 똬리를 틀고서 잠들어 있다.

기대에 완전히 못 미친다는 낙인이 찍혀버렸는지 흥미를 잃어버린 듯하다.

뭐, 지금은 두 용이 나를 어떻게 평가하든 딱히 상관없다.

그러나 발밑을 얼어붙게 하는 건 그렇다 치더라도 온몸을 꽁꽁 얼리는 건 역시나 반칙이지.

도망치기는커녕 꼼짝도 할 수가 없다.

리얼 보스와의 전투 따윈 바라지 않았는데 말이야…….

사고가 정지해버리기 전에 수룡이 말했던 힌트를 참고하여 해결로 이어지는 길을 모색해나갔다.

수룡은 내 고정관념이 성장을 방해한다고 했다.

더욱이 즐기는 마음이 부족하다는 말도……. 내 손에는 환상검이 있지만, 꽁꽁 얼어 있어서 움직일 수도 없다.

얼어붙어서인지 체온도 급격하게 떨어졌다. 그래서 의식도 조금씩 몽롱해졌다.

염룡을 휘감아 갑옷으로 삼을까, 라고도 생각했지만, 이 역시 현실적이지 않다.

그런 짓을 했다가는 내 몸이 화염에 타버릴 것이다.

어쩌지? 머릿속에서 그 말만이 맴돌았다.

죽기 아니면 까무러치기이니 역시 염룡을 몸에 휘감아봐? 그보다도 휘감을 수나 있나? 그런 짓을 벌였다가는 화상만으로 안 끝나지……. 보통은.

현재 나는 힘을 되찾았다. 염룡을 몸에 두르지는 못할지라도 다음에 사신과 다시 맞닥뜨렸을 때 실력으로 물리칠 수가 있을까? 아니, 무리겠지.

그렇다면 하는 수밖에 없겠지. 기왕 이렇게 됐으니 수룡의 조언대로 즐기는 마음으로 최선을 다하면 된다.

여차하면 나는 엑스트라 힐로 연명할 수가 있으니까.

어떻게든 의식을 부여잡기 위해 기력을 짜냈다. 마력을 단숨에 환상검으로 흘리면서 외쳤다.

"지켜라, 성룡, 모든 것을 불살라라, 염룡. 날 이 꺼림칙한 얼음으로부터 해방하라."

그 순간 푸르께한 용이 갑옷을 휘감더니 진홍색 용이 푸르께한 빛 바깥을 에워싸기 시작했다.

그러자 순식간에 얼음이 녹았다.

그리고 나를 지켜준 성룡과 모든 얼음을 녹여낸 염룡은 제 역할을 다 마쳤다는 듯이 사라져갔다.

"어떠냐!"

나는 무심코 그렇게 외쳤다. 그러나 마력이 순식간에 거의 다 고갈된 바람에 마력 포션을 마시지 않고서는 일어설 수도 없는 꼴사나운 모습을 내보이고 말았다.

시련을 극복했지만, 마력이 고갈되어 기진맥진한 이 느낌을 떨쳐낼 수는 없었다.

《으음. 발상은 좋으나 억지를 썼구나. 그래서야 실전 때는 써먹을 수가 없다. 마력이 회복되는 동안에 휴식 겸 이 몸과 마법 이야기나 하도록 할까.》

《그럼 이 몸도 참가하지. 줄곧 지켜보고 있자니 지루하군.》

……수룡과 풍룡이 네르달에 사는 이유는 마법의 총본산인 마술 길드가 재미있어서가 아닐까?

14 로망?

수룡과 싸우다가 마력이 고갈되는 사태에 빠지고 말았다. 그런데 그 뒤에 무슨 영문인지 수룡과 풍룡이 들려주는 마력의 구조에 관한 강의를 듣게 되었다. 마법이 아니라.

《현자여, 머리가 조금 딱딱하구나. 조금 더 유연해지지 않으면 노력하여 손에 넣은 그 힘을 완벽하게 발휘할 수가 없을 터인데?》

《우리들의 힘을 그대의 마력만으로 감당하려고 하니 마력 고갈이 일어난 것이다. 무엇 때문에 정령과 용의 가호를 받았는지 곰곰이 생각해라.》

"그렇게 말씀하신들 성속성 마법을 오랜만에 구사하는지라 익숙하지도 않고, 용의 마력을 오늘 막 사용하기 시작했는데요. 모든 것을 파악하기에 시간이 부족했습니다."

《현자여, 우리 용의 가호와 정령의 가호를 어떻게 인식하고 있는가?》

가호를 어떻게 인식하냐고? 그건 알고 있다.

"용의 가호가 있으면 신체가 강화되고, 용종을 상대로 위압을 덜 느끼고, 그 권속인 용(竜)이나 뱀 마물을 상대할 때 공방 능력이 상승합니다. 반면에 정령의 가호가 있으면 속성 마법 저항력이 강해지는 걸로 알고 있는데요."

《……틀리지는 않았다. 하지만 고작 그런 게 아니다. 현자여,

우리 동포에 관해서도 그렇지만, 스스로가 어떤 인간인지 파악하려는 노력도 부족하다.》

《무언가를 어중간하게 이해하고 있다면 실제 인식은 그보다도 더 떨어지는 법. 정보를 알아두면 손해는 보지 않는다.》

두 용이 말하는 내용이 무슨 영문인지 옛날에 봤던 비즈니스 잡지에 기재되어 있던 기사와 겹친다.

그리고 그 말을 듣고서 나는 고개를 끄덕일 수밖에 없었다.

《현자여, 본디 너희는 설령 우리의 가호가 있더라도 용의 힘을 구사할 수는 없다.》

《너는 우리의 힘을 사용한다고 생각하겠지만, 실상은 정령이 가호의 힘으로 구현해준 것에 불과하다.》

용의 힘을 정령의 힘이 대신 구현해주는 식이라고? 그렇다면 무의식중에 양쪽 모두를 응용하고 있다는 건가?

"……용의 힘과 정령의 힘은 서로 반발하는 거 아닙니까?"

《뭔가 착각을 하고 있구나. 물론 현자가 통상 마법을 발현하기 어려운 이유는 양쪽의 가호를 모두 갖고 있기 때문이다.》

《그렇다. 현자가 얼마나 노력을 하던 인족이 일반적으로 사용하는 마법을 발현하는 건 어렵겠지. 덧붙이자면 정령의 가호를 갖고서 태어나지 않았기에 정령 마법도 완벽하게 다루지 못한다.》

일단 성질이 충돌하는 건 틀림없는 듯하다. 다만 여전히 무슨 뜻인지 모르겠다.

"조금만 더 알기 쉽게, 간략하게 설명해주시면 감사하겠습니다.

전 기본 지식이 부족한지라 머릿속이 조금 뒤죽박죽 뒤엉키는 듯 합니다."

《음……. 평범한 인족은 정령의 모습을 보지 못할 뿐만 아니라 목소리도 듣지 못하기에 원래는 그 힘을 다룰 수가 없다.》

"방금 넌지시 중대한 말을 하지 않았습니까?"

그러나 내 말을 무시하고서 이야기를 진행했다.

《그대는 용의 힘을 구현하는 법을 깨달았다.》

《그러나 지금 같은 상태로는 도저히 고난을 타개할 수가 없다.》

대화라기보다는 이야기를 다 듣고서 질문하라는 분위기조차 감도는 듯했다.

《현자여, 원하는 현상을 명확하게 이미지하여 정령한테 마력을 부여하라. 그럼 마력을 소비하지 않아도 우리 동포의 힘을 구현할 수 있을 것이다.》

《다만 검에 실어서 발출하면 아까처럼 방대한 마력이 소비되니 주의하라.》

그러니까 용의 마력을 검에 흘려 참격을 쏘면 마력을 소비하지만, 정령 마법으로 용의 힘을 쓸 뿐이라면 마력 소비를 억제할 수가 있다는 건가? 요컨대 용의 마력 자체를 방출하는 일만 아니면 된다고?

《질문이 있어 보이는 표정이지만, 그전에 가호에 관해 설명하도록 하지. 우선 정령의 가호부터. 가호를 획득하면 해당 속성의 마력을 쉽게 다룰 수가 있고, 자신이 원하는 대로 마력을 변환할

수가 있게 되지.》

《정령은 자연에 얼마든지 존재하나, 보통은 마법을 돕지 않는다. 그러나 대정령의 가호를 받은 자는 예외이지.》

《현자가 된 그대라면 적은 마력이라도 이미지만 명확하면 정령들이 대신 마력을 모아줄 것이다.》

명확한 이미지가 있다면 적은 마력으로도 용의 힘을 몸에 휘감을 수가 있다는 뜻인가? 그렇다면 용검의 마력 소비량만 바뀌지 않은 건 어째서일까?

《그대 몸에 휘감을 뿐이라면 정령들이 마력을 메꿔줄 수가 있다. 하지만 그대가 사용했던 우리 동포의 힘은 그대 몸을 벗어나는 순간 자연계의 마력과 다른 성질을 갖는다.》

《그 마력은 자연계의 마력으로 메꿔줄 수가 없다.》

《현자여, 이제 그대에게 무엇이 부족한지 이제 알겠나?》

"체내 마력을 순환시키듯이 체외에 있는 마력도 몸에 휘감고서 제어해보라는 말입니까?"

《그렇다. 이를 할 수 없으면 일방적인 양상을 벗어날 수 없다.》

《이르기는 하지만 다음은 이 몸이 상대하지.》

"……저기, 아직 용의 가호에 관한 설명을 못 들었습니다만."

풍룡은 의욕이 충만했다. 그러나 조언을 들었다고 해서 그것이 당장 결과로 이어질 리가 없다.

그렇다면 마력이 회복될 때까지 시간을 질질 끌기로 했다.

《간단하다. 우리의 가호를 획득하면 신체와 속성이 강화된다.》

아무래도 가호로서 유용한 것은 정령의 가호 쪽이지 용의 가호는 아닌 듯하다.

"……과연."

《우리와 정령의 가호, 그리고 자신한테 깃들어 있는 힘이 어떤 것인지 알았나?》

"아직 어렴풋하긴 하지만 큰 줄기는 파악했습니다."

《그럼 곧장 확인하고 싶지만…… 그대의 마력이 없겠군.》

아무래도 풍룡은 상식을 아는 듯하다.

"그럼 뭘 하실 겁니까?"

《지금부터 내가 그대를 공중에 던질 테니 하늘을 나는 이미지를 굳혀 공중 제어를 터득하라.》

"예? 뭐, 뭐뭐뭐라고요? 몸이 뜬다?"

풍룡의 말에 반응하여 몸이 갑자기 공중에 떠오르기 시작했다.

땅바닥이 서서히 멀어져갔다. 순식간에 두 용의 눈높이에까지 떠올랐다.

땅바닥과 떨어진 것뿐인데도 왠지 불안했다. 오금이 저리는 듯하다.

《바람의 마법이 있으면 인간은 하늘을 자유롭게 날 수 있다. 자, 공중에서 가속하면서 그 감각을 자신의 것으로 삼아라.》

왜 이렇게 된 걸까? 이거 완전히 장난감 신세 아냐?

어떻게든 더 떠오르지 않도록 아등바등 버텼다. 그런데 그 모습이 풍룡의 심기에 거슬렸는지 난도를 단숨에 올렸다.

《현자여, 신체의 중심부를 제어하는 게 특기인 모양이구나. 그럼 공기의 벽을 만들 테니 충격에 대비해라.》

그 말이 끝나자마자 에어리어 배리어를 발동했으나 그 순간에 눈에 보이지 않는 벽에 좌측 상반신이 부딪쳐서 균형을 잃고 날아갔다.

균형을 한 번 잃으니 몸이 회전하기 시작했다. 몸의 중심축이 어딘지도 헷갈린다.

결국 허공에서 몇 바퀴나 돌게 되었다. 반고리관이 이상해졌는지 초점이 흐릿하다.

《마력을 운용하라, 그리고 정령한테 말을 걸어라. 지금의 그대라면 이만한 바람을 극복할 수 있는 기술쯤은 떠올릴 수 있을 터.》

아니, 이 바람을 멈추면 되잖아? 그렇게 외치고 싶었지만, 아우성을 쳐본들 그만둘 생각이 애당초 없겠지.

이내 마음을 다잡고 타개책을 떠올리고서 외쳤다.

"토룡이여, 그리고 정령이여. 험난한 바람 속을 헤쳐나갈 수 있는 발판을 만들어라."

《응?》

내가 외치자 발밑이 빛나더니 서핑보드보다 작은, 웨이크보드만한 판…… 같은 석고 보드가 출현했다.

"발판이 있으면 어떻게든 돼에에에에에에?"

나는 쓸데없이 강풍을 정면으로 버티려고 하다가 거꾸로 땅바닥으로 추락…….

그렇게 생각한 순간 땅바닥에서 30cm쯤 떨어진 지점에 떠 있었다.

"……살았나?"

급조한 마법 보드의 끝이 부서져 있었다.

아무것도 없는 허공에서도 물질을 생성해낼 수가 있구나. 땅바닥으로 추락하지 않은 덕분에 느긋하게 그런 생각이나 하고 말았다.

그러나 그런 나를 기다리고 있는 존재가 있었다.

《바보 같은 녀석! 바람의 저항과 정면으로 맞서다니 그대는 대체 무슨 생각인가.》

풍룡은 나를 지상으로 내려주지 않고, 또다시 자신의 눈높이까지 띄우고서 설교를 늘어놓았다.

내가 생각 없이 보드를 생성한 바람에 엄청나게 화가 나 있었다.

보드를 타고서 하늘을 나는 애니메이션이 문득 떠올랐다는 소리는 차마 할 수가 없어서 그저 순수하게 생각만을 답했다.

"……바람의 파도에 타려고 생각했습니다. 게다가 발판을 만들면 자세를 가다듬을 수가 있을 것 같아서."

《……바람을 조작하는 이 몸을 공격하거나, 뇌룡의 힘으로 바람의 길을 가르는 등 여러 방법이 있었을 터인데……. 하늘을 나는 게 트라우마가 된다면 이 몸은 슬플 거다.》

"응? 이게 무슨 훈련이었습니까?"

《당연히 하늘을 나는 훈련이잖나? 인간이 하늘을 나는 건 로망

아닌가?》

그거 순전히 레인스타 경의 생각이잖아!

"……그럼 왜 눈에 보이지 않는 벽을 만든 겁니까?"

《지능이 낮은 익룡조차도 마력으로 그만한 벽쯤은 만들 수 있으니, 마력 장벽이나 마력의 흔들림을 보고서 피하는 특훈이 필요하지.》

뭐지……. 풍룡과 대화를 나누고 있으니 엄청 피곤해진다. 왠지 아이에게 좋아할 만한 놀이를 시키려고 했다가 실패해버린 아버지 같네…….

분명 이 역시 하늘을 나는 것을 즐길 수 있도록 기획해준 거겠지…….

그 마음은 느낄 수가 있었지만, 솔직히 말도 안 될 정도로 불친절한 설정이었다. 느닷없이 공중에 띄워야 할 필요는 없었다.

용이나 정령에게 인간의 상식을 기대해서는 안 된다. 이번에는 그 부분을 주의하고 신경을 쓰지 않은 내 잘못이다.

뭐, 죽지 않는다는 건 알았으니, 놀이기구라고 생각하자.

"그러고 보니 나디아는 언제쯤 눈을 뜰 것 같습니까?"

《용신님의 뜻에 달리긴 했으나 며칠 안에는 눈을 뜨겠지.》

"잠깐만, 그럼 며칠 동안 저 상태로 있을 수도 있다는 겁니까?"

《용신님의 뜻에 달렸다.》

응. 수명이 긴 종족에게 인간의 하루는 한 시간쯤으로 느껴지겠지.

"저대로 놔둘 수는 없습니다. 안전한 곳으로 옮겨주세요."

《이 공간에서는 나갈 수 없지만, 그래도 괜찮다면 상관없다.》

《뭔가 생각이 있다면 맡기도록 하마.》

그리하여 은자의 열쇠로 은자의 관을 열어 나디아를 집어넣었다.

그나저나 인간의 상식과 동떨어져 있다면 존댓말도 불필요한가…….

"자, 이걸로 됐다. 한 가지만 물을게. 난 어디까지 해내야만 인정받을 수 있을까? 그 지표를 제시해줬으면 하는데……."

《그리 오래 걸리지 않는다. 모두 그대한테 달렸지.》

《우선은 우리 동포의 힘을 완벽하게 구사해봐라.》

《그리고 그 힘을 어떻게 다루는지 우리한테 보여라.》

《우리가 바라는 것은 그대의 각오다.》

왠지 어디서 본 장면인데. 그나저나 이래서야 옛날처럼 당하기만 하겠군.

나는 자신을 북돋우며 전투 중에 죽어서는 안 된다는 가장 중요한 원칙을 머릿속에 입력한 뒤 본격적으로 두 용이 부여하는 과제에 임하기로 했다.

15 쌍룡이 남긴 것

온몸을 얼리거나, 땅바닥에 물리적으로 발을 내디딜 수 없는 상황에서 버티는 등, 두 용이 내리는 시련을 견뎌냈다. 식사와 수면 시간을 제외하고는 줄곧 수행만 했더니 순식간에 일주일이 지나갔다.

그동안 조금도 성장을 실감하지 못했다. 줄곧 두 용이 나를 가지고 노는 느낌이었다.

그러나 시련의 난도는 꾸준히 올라갔으니 발전은 있었을 것이다.

사신과 대치했을 때나 현자가 되고자 노력했던 때를 생각하니 머릿속에서 포기라는 단어가 떠오르지 않았다. 오로지 눈앞의 일에만 전념하면 되므로 마음은 편했다.

더욱이 몸이 꽁꽁 얼어붙을 때까지 계속 방어만 하지 않게 됐다. 그리고 몸이 허공에 날리더라도 공기의 벽과 충돌하는 횟수도 적어졌다.

참고로 에어리어 배리어를 발동하지 않고, 하이 힐과 엑스트라 힐을 자주 쓰게 된 것이 유일하게 바뀐 점이라고 생각한다.

하이 힐로 회복하면 잃어버린 세포까지 부활해가는 이미지가 떠오른다.

성속성 마법에 다시금 감사하면서 두 용의 시련을 견뎠는데…….

《현자여, 가호를 지닌 인간들의 평균 수준으로는 움직일 수 있게 됐구나.》

《이곳에 처음 왔을 때와 비교해 딴 사람처럼 성장했다.》

"매번 꽁꽁 얼거나, 허공으로 날아가기 일쑤여서 성장했는지 도통 알 수 없는 게 문제이지만……."

나는 도끼눈으로 쳐다봤지만, 지금껏 쌍룡에게 칭찬을 받은 적이 없었기에 기뻤다.

뭐, 회복 마법을 되찾는 데 전념하느라 전투 훈련은 거의 하지 않았고 현자가 되고 나서는 곧바로 여기 왔으니 성장하는 게 당연한지도 모르겠지만…….

《루시엘, 물은 얼음도, 수증기도 될 수 있다. 그 가능성 역시 무한하다.》

《루시엘이여, 바람은 형태가 없으나 존재하지 않는 것은 아니다. 날개도 될 수 있으며 장벽으로도 사용할 수가 있다.》

"……갑자기 왜 그래?"

갑자기 이름이 불려서 깜짝 놀랐다. 바짝 경계하고 있으니 예기치 않은 소리가 머릿속에서 울렸다.

[칭호 수룡의 가호를 획득했습니다.]

[칭호 풍룡의 가호를 획득했습니다.]

"……어째서?"

아직 아무것도 이룬 것이 없는데도 가호를 받아서 당혹스러웠다.

장난감 취급에서 벗어나 일격을 제대로 먹인 뒤에야 가호를 얻을 수 있을 줄 알았기에 김이 조금 샜다.

《루시엘이여, 그대의 포기하지 않는 마음과 물러서지 않는 용기를 잘 봤다.》

《루시엘이여, 그대라면 언젠가 우리의 힘도 완벽하게 다룰 수 있는 날이 올 것이다.》

두 용이 공중에 떠 있지 않고 땅으로 내려앉았다.

그리고 당혹스러워하는 나를 쳐다보며 왜 가호를 줬는지 설명하기 시작했다.

《우리에게 남은 시간은 너무나도 짧다.》

《그 전에 진짜 용의 힘을 보여줘야겠지.》

"무슨 소리를 하는 건지 모르겠는데……."

두 용이 당장에라도 사라질 것 같은 소리를 했다. 그러나 무슨 영문인지 이해할 수 있을 리가 없으므로 설명해달라고 재촉했다.

두 용은 서로의 얼굴을 보고 나서 담담히 말하기 시작했다.

《우리의 몸도 사신의 저주에 걸렸다.》

《강고한 결계로 보호받고 있는 이 네르달에 어떻게 침입했는지 아직껏 모르겠으나…….》

《다행이라고 해야 하나. 우리가 함께 있을 때 사신이 나타난지라 물리치기는 했으나 그때 네르달을 공중에서 제어하는 마법진이 망가지고 말았다.》

《우리는 줄곧 복구하려고 시도했지.》

바람의 정령은 대체 뭘 하고 있었던 거지? 그런 것도 모르고 있었다니……. 정말로 뭘 하고 있었던 거냐고.

"……인간이 관여했을 가능성은 고려해보지 않았어?"

《그 존재는 사악한 기운을 뿜어내기는 하지만 그래도 신이다. 인위적이든 아니든 간에 조종당했다면 어쩔 도리가 없지.》

《다행히도 마법진을 복구하여 추락은 막았지만.》

"그럼 언제 저주를 받은 거야?"

《마법진을 복구하면 저주가 발동되게 되어 있었다.》

《우리도 눈치챌 수 없을 만큼 교묘한 장치였지.》

두 용이 조금 침울해하는 듯했다. 이 세계에 자꾸만 간섭하려고 하는 유일한 존재인 사신에게 부아가 치밀었다.

더욱이 이 세계의 근간에 해당하는 전생룡이 봉인되다니. 주신인 클라이야에게 관리자로서의 실책을 어떻게 생각하는지 묻고 싶은 지경이었다.

눈앞에 있는 두 용이 저주를 받았다니 정말이지 믿기지 않는다.

의식은 또렷하고, 거동도 잘하고 있다. 대화나 의사소통이 잘 이루어지지 않는 건 서로의 상식이 다르기 때문이고. 무엇보다도 고통스러워하는 기색이 전혀 보이지 않는다.

혹시 사신의 저주로 인한 증상이 가볍다면 치료할 수 있지 않을까? 나는 두 용에게 해주를 제안해보기로 했다.

"수룡과 풍룡. 지금의 나라면 너희들을 소멸시키지 않고 사신의 저주 정도는 해주할 수 있을 거야. 그러니 시도해보면 안 될까?"

《우린 이미 저주에 구속되어 있다. 그래서 해방되어야만 비로소 해주가 되는 것이다.》

《우리가 서로에게 저주의 고통을 없애는 술법을 쓰고 있기에 제정신을 유지할 수 있는 것이다. 솔직히 이미 신체가 말을 잘 듣지 않는다.》

"뭐라고? 그래서 첫 전투 이후에는 용의 힘을 어떻게 다루는지 알려주기로 했던 거야?"

그러나 두 용은 그 물음에 답하지 않고 다시 공중으로 떠올랐다.

《무녀도 슬슬 돌아올 시간이다.》

《따라서 최후의 시련을 내리겠다.》

《《우리를 정화해라.》》

두 용이 시련으로서 자신들을 정화할 것을 요구했다.

《여기서 배운 것을 모조리 활용하여 우리를 굴복시켜 보여라.》

《우리를 사신의 저주에서 해방하여 우리의 힘을 이어받는 것이다.》

마지막까지 제 몸을 던져 시련을 내릴 작정인가 보다.

감동적인 장면이건만, 나는 오로지 시련이 괴로웠다.

그러나 레인스타 경은 기본 4속성의 전생룡을 해방해야만 용사가 마왕에게 패배하는 걸 막을 수 있다고 했다. 이게 곧 미래를 지키는 길이다.

그것은 내가 은거하기 전에 해야 하는 가장 중요한 일이다. 임무만 완수한다면 앞으로 마족이나 마왕, 사신과 싸우지 않아도 되겠지.

나는 갈등한 끝에 답을 내놓았다.

"……알겠어. 하지만 현자가 되어 마력 위력도 꽤 올라갔으니 정화를 걸면 뼈 하나도 남지 않을지도 모른다?"

《《크핫핫.》》

《우리와의 전투를 앞두고 호기를 부리다니.》

《우리가 줄 것은 이미 그대에게 모두 주었다.》

《그것으로 부족하다면 우리의 모든 힘을 그 몸에 새기도록.》

《그리고 이 최후의 시련을 극복하라.》

《《간다.》》

쌍룡의 시련이 쌍룡을 구해내는 것이었다면 좋았을 텐데…….

그러나 쌍룡은 더 이상 생각할 시간을 주지 않았다.

말이 떨어지게 무섭게 느닷없이 브레스. 내 사각인 후방과 상공에서 마력의 흔들림이 느껴졌다.

"성룡이여, 내 몸을 지켜라. 뇌룡이여, 이곳에서 벗어나게 해라. 그리고 정령들은 힘을 구현해다오."

나는 머리로 생각하는 것보다 더 빠르게 반사적으로 성룡과 뇌룡을 불러냈다.

성룡이 몸에 깃들고, 뇌룡이 다리를 휘감았다. 그 순간 시야가 뭉개지더니 풍경이 고속으로 흘러갔다.

공격을 회피한 나는 생추어리 서클을 무영창으로 발동했다.

마법을 그냥 영창했다가는 마법진을 구축할 시간을 벌 수 없다고 생각했기 때문이다.

무영창으로 생성한 생추어리 서클이 두 용의 몸 주위를 빙빙 에워싸기 시작했다. 그 순간 성룡의 모습이 언뜻 보인 듯했다.

승부는 한순간에 끝났다.

처음에 서 있던 자리를 보니 땅바닥에 구멍이 뚫려 있었다. 주변에 얼음으로 된 창의 잔해가 있었다.

조금이라도 늦었으면 위험했다. 생각만 해도 오싹했다.

《사각에서 가한 공격을 뇌룡의 힘으로 회피하다니 훌륭하다.》

《이건 그야말로 성룡의 자애로운 빛이로군.》

생추어리 서클의 푸르께한 빛을 쬔 두 용이 만족스럽게 웃고 있는 것처럼 보였다.

"수룡, 풍룡……. 당신들이 전력을 다했다면 난 순식간에 목숨이 흩어졌겠지."

《그건 그렇지.》

《그러나 어쨌건 그대는 우리의 최종 시련을 멋지게 극복해냈다.》

《자랑스러워해도 좋다.》

쌍룡의 말이 여느 때와 달리 따뜻하게 느껴졌다.

《《언젠가 다시 만날 날이 오기를.》》

《그때까지 우리의 힘을 완벽하게 구사할 수 있게 되길 바라마.》

《우리의 힘을 올바르게 사용해주길 바란다.》

푸른빛과 초록빛이 환상검과 목걸이로 빨려 들어갔다.

《현자 루시엘이여, 마족의 침공을 막아내고, 용사가 나타날 때

까지 이 세계를 부탁한다.》

《현자 루시엘이여, 사악한 기운이 이 세계를 지배하기 전에 지켜다오.》

이야기의 규모가 너무 커져서 승낙하기가 어려웠지만, 분명 두 용도 내가 모든 것을 지켜낼 수 있으리라 생각하지는 않겠지.

"……가능한 범위 안에서만 움직이겠지만."

그래서 나는 늘 그래왔듯 자신이 지킬 수 있는 범위를 강조하여 대답했다.

《현자 루시엘이여, 세계에 진정한 위기가 찾아온다면 라피루나의 봉인을 풀어라.》

《현자가 된 그대라면 분명 응해줄 터.》

"라피루나? 그게 대체 뭐야?"

《《노쇠하여 죽는 걸 목표로 최선을 다해봐라. 크핫핫.》》

두 용이 내 물음에 답하지 않은 채 그 모습이 뿌예지더니 사라졌다.

"이것들은 왜 매번 하고 싶은 말만 하고 사라지는 거야?!"

이제는 외치지 않고는 배길 수가 없었다.

이리하여 나는 수룡과 풍룡을 사신의 저주로부터 해방했다.

16 일방통행

수룡과 풍룡이 사라진 자리에 화폐와 활, 항아리가 남아 있었다. 혹시나 중요한 물건일지 몰라 챙긴 후 이곳을 빠져나왔다.

쌍룡이 사라지기 직전에 언급했던 '라피루나'란 단어가 마음에 걸렸다.

에잇, 바람의 정령에게 따져야겠어.

그리 생각하니 마음이 조금 가벼워졌다.

그러나 계단을 올라 봉인의 문에서 나가자 나는 생각지도 못한 사태에 직면하고 말았다.

"왜 마도 엘리베이터가 없는 거냐?"

차분히 생각해보니 두 용과 수행하면서 거의 일주일이 지나갔다. 식량도 없이 두 사람이 이곳에 머무를 수 있을 리가 없다.

나는 마도 엘리베이터가 있던 자리를 유심히 살펴봤다. 그러나 마도 엘리베이터를 아래로 불러들이는 장치가 없었다. 아무래도 아래에서 위로 올리는 기능은 없는 듯했다.

"이게 무슨……."

누군가가 이곳에 침입했을 때 밖으로 달아나지 못하도록 막기 위한 시스템일까? 나는 위를 올려다보았다. 마도 엘리베이터는 평범한 인간은 도달할 수 없는 높이에 있었다. 벌써 풍룡의 힘을 쓸 때가 왔나.

"근데 올라가다 자칫 떨어지면 즉사할 거 같은데. 설령 갈 수 있다고 해도 마도 엘리베이터 바닥에 달라 붙어본들 조작할 수 있을 리도 없고……."

리디아에게 마통옥을 주거나, 올포드 씨와 마통옥으로 연락을 주고받을 수 있도록 마력을 교환해둘 걸 그랬다.

염화(念話) 스킬을 취득할까도 고려해봤지만, 스킬 레벨이 낮으면 사용 범위가 십여 미터밖에 되지 않아 의미가 없었다.

어쩌지?

나는 머릿속을 한 번 초기화하고서 정보를 처음부터 정리해나갔다.

토룡이 있던 동굴도 포함하여 지금껏 용을 해방하면 미궁에 귀환의 마법진이 나타났었다.

그러나 이번에는 미궁이 아니었기 때문인지 마법진이 출현하지 않았다.

만약에 이곳이 외부에 누설될 가능성이 있어서 귀환의 마법진을 일부러 지운 거라면…….

"앗!"

그러고 보니 지금껏 반드시 출현했던 거대한 마석과 비슷하게 생긴 핵이 이번에는 나오지 않았다.

쌍룡이 이곳에서 사신과 전투를 벌였다면 부유하는 마석이나 마법진의 존재를 숨기고 싶었겠지.

그렇게 생각하니 어떻게 탈출할지 이미지가 점점 부풀어나갔다.

레인스타 경이라면 이런 경우까지 상정했을 테니 반드시 긴급 탈출구가 있을 것이다.

나디아가 은자의 관에서 돌아오면 둘이서 탈출구를 찾을 수 있을 텐데…….

리디아와 바람의 정령도 좀처럼 돌아오지 않는 우리가 걱정되어 하루에도 몇 번씩 상태를 살펴보러 왔을 테지. 나디아와 둘이라면 한 사람은 탈출구를 찾고, 나머지 한 사람은 여기에 대기할 수 있을 텐데…….

언제까지고 투정해본들 상황은 바뀌지 않겠지?

하는 수 없이 다시 봉인의 문을 지나려고 했을 때였다.

봉인의 문 뒤쪽에서 빛이 희미하게 새어 나오는 것을 알아차리고서 우선 그쪽으로 향했다.

그러자 거대한 봉인의 문과는 다른, 높이가 1m쯤 되는 작은 문이 살짝 열려 있었다. 아무래도 그곳에서 빛이 새어 나오는 듯했다.

내가 가까이 다가가자 사람의 목소리가 들렸다. 소리가 너무 작아서 내용까지는 알아들을 수가 없었다.

"누가 있는 건가? 연다? 으엇?"

혹시 몰라서 양해를 구한 뒤 작은 문을 당기자 대량의 금화가 우르르 쏟아졌다.

그러나 쏟아진 것은 금화뿐만이 아니었다.

무구와 마도구, 가구 등이 문 너머에서 이쪽으로 밀려들었다.

……밖으로 쏟아져 나온 대량의 물건들은 두 용이 모았다고 치

고, 아까 들렸던 목소리가 정말로 사람의 소리라면 이 안에 갇혀 사경을 헤맬 가능성이 있으므로 나는 물건들을 재빨리 마법 주머니에 넣어 치웠다.

이윽고 방 내부가 보이기 시작했다. 안에서 있던 건 리디아와 올포드 씨였다.

"아니? 괜찮아?"

반응이 희미했다. 오랜 시간 이렇게 압박당했을 가능성이 있다.

나는 이내 엑스트라 힐을 발동했다. 두 사람의 몸이 빛나기 시작했다. 호흡도 하는 듯해서 비로소 안심할 수가 있었다.

"기절했나? 의식이 안 돌아오네. 그나저나 여긴 대체 어디야?"

방 안을 둘러보니 책장이 여러 개나 떠 있었다. 마치 동화 속에 나올 법한 마도서고가 그곳에 있었다.

"아니, 진짜 마도서고는 아니겠지?"

"그렇다."

두 사람이 의식을 찾을 때까지 둘러보려고 했을 때 내 중얼거림에 반응하는 목소리가 들렸다.

뒤를 돌아보니 올포드 씨가 일어서 있었다.

"무사했군요."

"올포드의 육체가 죽을 뻔했다만, 그대의 마법 덕분에 목숨을 건졌다. 심지어 앓고 있던 속병도 나았다."

아마도 올포드 씨가 아니라 바람의 정령인 듯하다.

"회복 마법으로는 병을 고칠 수 없어요. 그보다도 여기, 진짜 마도서고인가요?”

“끄응, 정말로 나았는데……. 으음, 이곳에 들어올 수 있는 건 정령의 가호를 가진 자뿐이다. 원래는 이 몸이 인정한 자만 들어올 수가 있는데, 설마 풍룡이 갖고 있던 재보가 느닷없이 출현하여 쏟아질 줄은 생각지도 못했다. 자칫 압사할 뻔했다.”

“운이 나빴군요. 리디아가 깨어나면 사과하죠. 그보다 풍룡과 수룡을 사신의 저주에서 해방했는데……요.”

“뭐라? 사신의 저주라고……? 그게 사실인가?”

바람의 정령이 경악했다.

이 네르달이 여태껏 부유 중인 건 바람의 정령과 두 전생룡 덕이다. 바람의 정령은 마술사 길드장과 바람의 정령이 계약을 맺었고, 봉인의 문도 조금 열려 있어 두 용이 외부의 마력에 간섭할 수 있었다는 점을 생각하면 이들이 뭔가를 했다는 건 알 수 있다.

그런데도 왜 정령은 쌍룡의 이변을 알아차리지 못한 걸까. 정말로 안타깝기 그지없다.

오랫동안 만나지 않았다는 게 사실이라면, 어째서 그들 사이에 골이 생기고 말았을까. 딱 하나 짐작 가는 바가 있다면 성 슈를 교회 본부에 생겨난 미궁이겠지. 그것 때문에 교황님께서 네르달에 오실 수 없게 되어 사이가 틀어지고 말았다고 생각하는 게 자연스럽다. 뭐, 이건 내 추측일 뿐이고, 그저 정령과 쌍룡의 성격이 잘 맞지 않았을 뿐인지도 모르겠지만…….

“사신이 이 네르달에 잠입했는데도 바람의 정령이 감지하지 못할 수가 있습니까? 두 용이 조종당한 인간이 있을 수도 있다는 가능성도 있다던데요."

그래봤자 시간은 돌이킬 수가 없지만, 그것만은 꼭 물어보고 싶었다.

"그 녀석들은 지나치게 상냥했다. 이 네르달을 만든 뒤에도 레인을 포함하여 네 명이서 술을 자주 마셨었느니라."

"네……명? 게다가 술을 마셨다?"

"그렇다. 용도, 정령도 마력을 써서 사람으로 변할 수가 있다. 뭐, 막대한 마력이 필요해서 보통은 하지 않는다만, 당시에는 레인이 마력을 부담해준 덕분에 잠시나마 사람으로 지내던 시기가 있었다."

……정령은 현신한 존재 같은 것이니 가능할지도 모른다. 그런데 그 전생룡을 사람으로 변신시킨다? 그게 사람이 할 수 있는 일인가? 더욱이 그 이야기가 사실이라면 한 정령과 두 용을 동시에 실체화시켰다는 소리다.

부지불식간에 마왕을 쓰러뜨렸던 레인스타 경이라면 꼭 불가능한 이야기는 아니지만…….

그렇다면 레인스타 경을 영령소환(英靈召喚)할 수 없을까? 그럼 사신을 쓰러뜨리게 하고서 나는 느긋하게 살아갈 수 있을 것 같은데 말이야.

뭐, 영령소환을 하려고 해도 레인스타 경을 소환하기 위한 마력이 부족하려나.

수년 뒤에 록포드에서 레인스타 경과 또 만날 기회가 있다면 그 점에 관해 물어보기로 할까.

그보다도 이야기를 본론으로 되돌리자.

"그렇게 사이가 좋았다면 더 자주 만나러 갔어도 됐잖아요……."

"언젠가 그 두 놈이 서로 싸운 적이 있는데, 그 탓에 네르달이 추락할 뻔했지. 나는 그 일로 그들과 다퉜다. 그 뒤로는 이 몸이 얼굴을 비추려고 해도 만나주지 않았다."

노인의 모습으로 당장에라도 울음을 터뜨릴 것 같은 표정을 짓고 있는 바람의 정령을 더 이상 나무랄 수가 없었다.

서로를 화해 붙일 수 있는 존재가 없어서 바람의 정령과 쌍룡의 사이가 틀어졌다는 걸 이해했다.

어색한 분위기가 흘러서 어찌할 바를 모르고 시선을 돌렸다.

어느새 들어왔던 작은 문이 흔적도 없이 사라졌다.

"어…… 문이 어디로 갔지?"

"일방통행이라서 저쪽에서 이쪽으로밖에 올 수가 없게 되어 있다. 그리고 이 몸의 허가를 받지 않은 자한테는 보이지 않는다."

엄청난 장치네. 하지만 칭찬하면 자랑을 계속할 것 같으니 이야기를 돌려야겠다.

"참, 풍룡과 수룡이 사라지기 전에 세계에 진정한 위기가 찾아온다면 라피루나의 봉인을 풀라는 말을 남겼는데, 라피루나가 뭔지 짐작 가는 바가 있습니까? 사람인지, 용인지, 정령인지, 아니면 성검 같은 물건인지 아는 게 있다면 알려주세요."

"흐음, 폴나한테 물어보는 게 좋겠군. 이 몸도…… 라피루나 님의 진의를 모르기에 가볍게 말할 수가 없다. 그나저나 그 녀석들이……."

바람의 정령이 완전히 감상 모드에 들어가고 말았다.

'라피루나 님'……? 일단 물건은 아닌가. 교황님께 물어볼 수밖에 없을 듯하다.

더 이상은 물어봤자 소용없을 듯해서 좀처럼 깨어나질 않는 리디아를 은자의 관에 넣고서 나는 일단 방으로 돌아가기로 했다.

17 소문

바람의 정령과 쌍룡에 관한 이야기를 하고 나서 진짜 마도서고를 나서니 내가 아는 마도서고가 나왔다.

금서실이 실은 진짜 마도서고였구나. 이중삼중이구만.

내가 개인실로 돌아가려고 하자 바람의 정령이 말을 걸어왔다.

"루시엘이여, 지금의 그대라면 입실을 허가하는데?"

"지금은 필요 없습니다. 힘을 추구하려고 네르달을 방문한 게 아니니까요."

"그런가? 그럼 지상으로 돌아갈 셈인가?"

"네르달의 도시를 둘러보고 싶었지만, 그래야 할 것 같습니다. 다만 마음에 조금 걸리는 게 있어서 그걸 해결한 뒤 돌아갈까 합니다."

"협력이 필요하거든 말하도록 해라. 언제든지 거들도록 하지."

"그럼 딱 하나만. 이 네르달을 미궁과 유사한 무언가라고 가정하고서 얘기하겠습니다. 지금껏 미궁에는 전생룡이 봉인되어 있었습니다. 사신의 저주로부터 해방하면 반드시 거대한 마석과 비슷하게 생긴 핵과 귀환의 마법진이 출현했었죠. 이번에는 그게 없었습니다."

"흐음, 그 이유가 뭔지 궁금하다?"

"귀환의 마법진은 문제가 없지만, 거대한 마석과 비슷하게 생긴 핵과 접촉한 자는 언데드로 변해버리고, 그 자리에 사신이 출현하는 장치가 되어 있었습니다. 만약에 그것이 있을 법한 곳에 갈 때는 그 핵을 발견하더라도 절대로 접촉하지 않도록 해주십시오."

"설령 발견되더라도 그 누구도 접근하지 못하도록 조치를 해두지."

"부탁합니다."

바람의 정령이 무언가를 골똘히 생각하기 시작해서 나는 방으로 향했다.

마도서고를 나서자 복도가 오렌지빛으로 물들어 있었다.

"저녁인가……. 그러고 보니 오늘은 아무것도 먹지 않아서 배가 고프네."

나는 개인실이 아니라 식당으로 발걸음을 옮겼다.

"간단한 요깃거리라도 만들어 먹을까……. 아니면 해체하다가 주변이 조금 더러워지더라도 이제는 정화 마법을 쓸 수가 있게 됐으니 뭔가 다른 걸……."

성속성 마법이 부활한 뒤로 처음 하는 요리인지라 무엇을 만들지 고민하면서 식당에 도착했다. 그런데 그곳에 예상치 못한 인물들이 기다리고 있었다.

지난 3달간 내게 돈을 빌린 에리나스 메인리히 백작 영애와 그 측근들이었다.

"루시엘 님, 요 며칠 동안 어디에 계셨던 건가요? 긴급사태가 벌어져서 줄곧 찾았습니다."

그녀의 얼굴에 당황한 기색이 역력했다. 우선은 무슨 용건인지 듣기로 했다.

“미안합니다. 조금 연구가 길어진 탓에. 방금 겨우 끝마치고서 돌아왔습니다. 그래서 무슨 일입니까?”

내가 묻자 세 사람이 대단히 말하기 어려워했다.

그녀는 얼마 전에 연구로 성과를 내 본국에서 지원을 얻어냈다. 당장은 나에게 더 빌릴 이유도 없으니 굳이 날 찾아올 이유도 없다.

그러나 에리나스 씨의 입에서 나온 말은 나의 상상을 아득히 초월하는 이야기였다.

“그게…… 저기, 루시엘 님이 신벌을 받아 치유사 직업을 상실했으며, 성속성 마법을 사용할 수 없게 됐다고……. 본국에서 그런 소문이 나도는 모양인데 정확한 정보를 파악해보라는 지시를 받은지라.”

S급 치유사가 신벌을 받았다는 날조는 제쳐두더라도, 직업을 상실했고 성속성 마법을 사용할 수 없게 되었다는 이야기는 대체 어디서 들은 거지? 애초에 이게 들통났다고 해도, 벌써 타국에 널리 알려졌다는 게 이해할 수가 없었다.

물론 이 세계에는 마통옥이 있어서 원거리 연락이 가능하지만, 근거도 없이 그런 엄청난 말을 퍼트릴 수는 없다. 자칫 성 슈를 공화국과 외교 문제로 발전할 테니까.

소문의 진상을 알고 있는 자가 퍼트렸거나, 내가 곧바로 돌아올 수 없다는 걸 아는 자가 음모를 꾸몄을 가능성이 있다.

이 소문의 진상을 아는 자는 내 지인 중에서도 극히 일부다. 어쩌면 범인은 내가 주변 사람들을 의심하도록 만들 생각일지도 모른다.

뭐 S급 치유사 직책을 반납하고 스승님과 수행원들, 모험가 길드 식구들, 이에니스 주민들과 함께 평온하게 사는 것도 즐거울 것 같다. 그럴 수 없겠지만.

아, 에리나스 씨 일행이 눈앞에 있는데 생각에 잠기고 말았다.

“본국의 지시라 하셨습니까? 그럼 제게 밝히면 곤란하지 않습니까?”

내가 묻자 에리나스 씨가 생긋 웃고서 가죽 주머니를 이쪽으로 건네며 입을 열었다.

“전 은혜를 원한으로 갚지 않습니다. 루시엘 님 덕분에 저는 연구 성과를 내어 정략 결혼의 도구 신분을 벗을 수 있었지요. 덕분에 앞으로도 네르달에 머물 수 있게 되었습니다. 이건 루시엘 님께 빌렸던 자금입니다. 지금까지 감사했습니다.”

돌려받지 못할 가능성도 고려했기에 조금 놀랐다.

블랑주 공국의 영애들은 하나같이 기골이 있는 여성들뿐인 듯하다.

처음 만났을 때는 운명의 갈림길에 서 있어서 상당히 절박했던 모양이다. 그때는 의를 중시하는 사람으로 보이지는 않았다.

에리나스 씨가 고결한 인간이라 다행이다. 역시 겉모습으로 판

단하면 안 된다.

“나디아와 리디아의 부탁이었으니 나중에 두 사람한테도 직접 고맙다고 말해주십시오. 그리고, 그 소문이 어디에서 온 건지 아십니까?”

“그건…… 저기, 그 전에 이 소문이 사실인지 말씀해주시면 안 되겠습니까?”

그녀가 불안한 눈빛으로 물었다.

그 눈빛 속에 순수하게 걱정하는 마음이 담겨 있는 듯했다.

“예, 저는 이제 치유사가 아닙니다.”

“이럴 수가……. 그럼 그 기적 같은 회복 마법은 이제…….”

내가 말하자 에리나스 씨가 절망했다. 혹시 회복 마법이 필요한 환자가 있나?

“아, 그런 건 아닙니다. 미들 힐.”

나는 미소를 지으며 백작 영애에게 미들 힐을 발동했다.

연구에 몰두하다가 거칠어진 그녀의 손과 피부가 안쓰러웠기에, 이를 회복시켜주었다.

“세상에……. 역시 루시엘 님! 이런 고결하신 분이 신벌을 받았을 리가 없죠. 역시 뜬소문이었군요.”

에리나스 씨와 측근들이 안도했다.

뭘까. 왠지 나를 신성시하는 것 같은데. 조금 무섭다…….

나는 마음을 다잡고서 다른 정보가 없는지 물어보기로 했다.

“만약에 소문의 출처를 모른다면 뭔가 마음에 걸리는 다른 정보는 없습니까?"

에리나스 씨가 잠시 생각하다가 내가 알고 싶어 할 만한 정보들을 알려줬다.

"일마시아 제국에서 마족이 출몰했다는 정보와 일마시아 제국과 루브르크 왕국이 임시 정전을 했다는 소식이 있습니다. 그리고 일마시아 제국이 마족을 토벌하기 위해 성 슈를 공화국에 성기사대를 파견해달라고 요청했다고 들었습니다."

요즘은 발키리 성기사대뿐만 아니라 다른 부대도 원정을 나간다고 들었다. 그러나 마족과의 전투를 염두에 둔다면 발키리 성기사대가 파견될 가능성이 크다.

문제는 루미나 씨 및 대원들이 마족과 싸워서 이길 수 있느냐는 건데…….

"그 정보도 최근에 들은 겁니까?"

"예. 이 얘기도 사흘 전쯤에 들었습니다. 우리나라에도 마족이 출현한 게 아니냐는 소문이 나돌고 있습니다. 타국 연구자들한테도 넌지시 물어봤는데, 각 나라에도 마족이 출현한 것 같아요."

상황이 그런데 일마시아 제국만 성기사대 파견을 요청했다고?

애초에 일마시아 제국은 전쟁 중이었으니 병력도 많을 텐데…….

만약에 일마시아 제국의 음모라면 성기사대와 마족을 싸우게 하여 성 슈를 교회의 전력을 파악하려는 게 목적일 것이다.

만약 거기서 성기사의 숫자를 줄이려고 하면 놈들의 목적은 성 슈를 공화국이란 의미일 것이다. 하지만 그들에게 그럴 이유가 있을까?

애당초 일마시아 제국은 루브르크 왕국과의 전쟁조차 이기지 못했다. 그런 상태에서 성 슈를 공화국에 손을 대는 건 자살행위다.

개인적으로 일마시아 제국과 관련된 좋은 기억이 하나도 없긴 하지만, 그렇게까지 무모하지는 않겠지.

그나저나 마통옥으로 연락을 취하지 않은 동안에 정세가 많이 급변했네…….

"각국이 마족 때문에 피해를 입었다는 정보도 들었습니까?"

"아뇨, 목격담뿐이래요. 다만 그 정보가 여기저기에 널리 퍼져나갔는지 지상의 분위기가 아주 흉흉한 듯해요."

"그렇군요……."

나는 정보를 정리해나갔다.

이럴 때는 먼저 우선순위를 정하고 움직여야 한다.

우선 나와 관련된 소문부터.

내 상황을 아는 사람은 나와 함께였던 스승님 및 수행원들, 교황님과 카트린느 씨, 루미나 씨뿐이다.

다만 소문이 이렇게나 퍼진 걸 보면 내가 모습을 감추자마자 소문을 퍼뜨렸을 가능성이 크다.

하지만 이건 지상에 돌아가서 회복 마법을 보여주면 불식할 수 있다.

물론 스승님이나 라이오넬 및 수행원들이 소문에 분노하겠지만. 아니, 이미 하고 있을 것 같아 무섭다…….

또한 나와 관련하여 부정적인 소문이 퍼졌으니 교회 본부와 치유사 길드의 분위기가 험악하겠지.

흑막이 누구든, 분명 노리는 바가 있을 것이다.

만약에 내가 마족, 혹은 마족을 지휘하는 위치에 있는 자라면 마족이 성과를 거두지 못한 지역의 정보를 우선 수집하겠지.

그렇다면 천적(天敵)이라 할 수 있는 내 정보를 캐내려고 들겠지.

그 정보 중에 내가 성속성 마법을 사용하지 못하게 됐다는 정보가 있다면 진위를 확인하고자 성 슈를 교회 본부에 간첩을 보낼 수도 있다.

아니면 교황님을 노릴 수도 있다.

분명 나를 S급 치유사로 임명한 교황님께 책임을 추궁하겠지. 레인스타 경의 따님이니 마음만 먹으면 책임 여론을 억누를 수가 있겠지만, 성격상 그러지 못할지도 모른다.

물론 카트린느 씨가 교황님을 지키려고 하겠지만, 성 슈를 교회 본부는 분열되고 만다. 역시나 내가 성속성 마법을 사용할 수 있음을 증명하는 것이 가장 원만한 수습책이겠지.

지금은 이 정도밖에 떠오르지 않는다. 이럴 줄 알았다면 정보전이 특기인 가르바 씨에의 훈련을 받아둘 걸 그랬네.

올포드 씨 수준의 변신 능력이 있다면 뭐든지 가능할 것 같다. 변신 마법도 배우고 싶네…….

그나저나 무언가가 자꾸만 걸리는 듯한 이 느낌……. 그게 뭔지 모르겠다.

적의 실체를 파악할 수 없으니 지상에서 정보를 수집해야 할 것 같다.

만약에 진짜 마물이 습격해왔다면 당연히 나에게도 연락이……. 아, 치유사에서 현자가 되어 다시 성속성 마법을 사용할 수 있게 됐다는 소식은 아직 교황님도 모르지 참.

"저기?"

에구, 에리나스 씨를 또 방치했다.

"저기, 루시엘 님은 지상으로 돌아가실 건가요?"

"그래야지요. 소문을 방치할 수도 없으니……. 저는 음모나, 위협, 역응징을 당하는 걸 매우 싫어합니다. 제게 힘이 있는 한, 제가 지켜야 할 사람들을 지킬 겁니다. 전력을 다해야만 가슴을 활짝 펼 수가 있으니까."

딱히 노블레스 오블리주 같은 사회적인 규범이 될 생각은 없지만, 나는 날 도와줬던 사람들처럼 되고 싶다.

"그렇다면 이걸 가져가세요."

에리나스 씨는 장식이 들어간 단검 한 자루를 나에게 건넸다.

"이게 무엇입니까?"

"제 호신용 단검입니다. 이 검을 맡기는 건 저를 대신한다는 의미를 갖지요. 공국에서는 무엇보다도 혈통을 우선합니다. 이게 공국에서 백작보다 낮은 자들이 함부로 간섭하지 못하게 막아줄 겁니다."

……이걸 넙죽 받았다가는 큰일이 날 것 같다.

호신용 단검을 약혼자에게 선물하는 풍습이 어느 지역에 있었던 것 같은데…….

"그럼……."

"예. 약혼자한테서 받은 물건입니다. 언젠가 꼭 돌려주세요. 이걸 갖고 있으면 나디아랑 리디아가 공국에서 불쾌한 일을 덜 겪겠지요."

나는 귀찮은 일을 늘리는 건 피하는 성격이지만, 그녀는 내가 검을 받기 전까지 나를 놓아주지 않을 것 같았다.

애초에 내가 블랑주 공국에 갈지 어떨지도 모르건만, 에리나스 씨는 확신이 있었다.

"블랑주 공국에 갈 예정은 아직 없습니다만, 감사히 받겠습니다."

"또 뵙게 되기를 기대하고 있겠습니다."

"예."

용건을 다 마쳤다는 듯이 세 사람이 식당에서 나갔다.

"그때 도운 게 정보로 돌아올 줄이야. 자, 앞으로 어떻게 움직일지는 음식을 만들면서 생각해보도록 할까."

지상으로 돌아가더라도 가급적 전투만은 피하고 싶다고 생각하면서 우선은 배부터 채우기로 했다.

18 성속성 마법은 마음을 구한다

사색하고 싶을 때는 끓여내는 음식을 만드는 게 좋다.

옛날에 누군가에게 그런 말을 들은 적이 있었다.

꼼꼼하게 손질을 한 마물 고기를 원통 냄비에 넣고서 채소와 함께 끓였다.

이른바 부용(Bouillon)이다.

한눈을 팔더라도 요리를 망칠 일이 없어서 생각에 잠기고 싶을 때 딱 알맞다.

뭐, 음식 하나만으로는 역시나 공복을 채울 수가 없어서 만들어진 요리를 마법 주머니에서 꺼내 먹긴 했지만…….

원통 냄비에 든 부용이 완성될 때까지 오로지 부글부글 끓였다. 끓어 넘치지 않도록 정성껏 찌꺼기 거품을 건져내면서 감칠맛이 응축되기를 기다렸다.

처음에 이 음식을 그란츠 씨에게서 배웠을 때는 찌꺼기와 감칠맛 성분의 차이를 구별해내지 못해 혼쭐이 났었다.

"초보자한테 찌꺼기 거품과 감칠맛 성분을 구별해내라니, 지금 생각하면 막무가내였군."

나는 혼자 키득 웃으면서 앞으로 어떻게 할지 생각했다.

에리나스 씨가 준 정보는 결코 무시할 수 없는 내용이다.

소문이 타국에까지 흘러갔으니 틀림없이 성 슈를 공화국에도 널리 퍼졌겠지.

자칫 이단 심문을 받을 수도 있겠군.

만약에 그렇게 된다면 내가 무찔렀던 악덕 치유사들이 보복하고자 여기저기에서 나타나겠지.

어쩌면 내가 세웠던 가이드라인도 폐지될지 모른다.

성속성 마법을 왜 잃었는지 추궁을 받는다면 모처럼 구해낸 스승님과 라이오넬이 생명의 위기에 노출될지도 모른다.

내가 정보를 더 늦게 접했다면 전체적으로 곤경에 처했을지도 모른다.

잠깐, 교황님께서 도청을 당할 수 있으니 연락을 하지 말라고 했었지? 그렇다면 그걸 역이용하면 되지 않을까? 나는 당장 마법 주머니에서 마통옥을 꺼내 속으로 교황님을 호출했다.

그러자 이내 교황님의 답변이 돌아왔다.

《루시엘, 무슨 일이더냐? 네르달에 있을 때는 누군가가 엿들을 위험이 있다고 하지 않았더냐.》

조금 화가 난 듯한 말투였다. 교황님치고는 드문 일이긴 하지만, 대화를 유도하기 위해서 말을 해나간다.

“교황님, 그럴 때가 아닙니다. 거짓과 진실이 뒤섞인 제 소문이 널리 퍼져나간 듯합니다. 이미 타국에서도 퍼지는 중이라 합니다.”

《……그게 무슨 소리더냐?》

“이쪽 연구자들의 이야기를 우연히 들었습니다. 제가 신벌을 받고서 치유사 직업을 상실했다는 소문이 나돌고 있었습니다. 그

뿐만 아니라 제가 성속성 마법을 잃었다는 소문까지 돌고 있습니다. 혹시 이 소문이 성도에도 쫙 퍼진 게 아닌가 싶어서 서둘러 연락을 드린 겁니다.”

《타국에서도 퍼졌다라…….》

교황님께서 중얼거리는 말을 듣고서 이미 성도에도 소문이 널리 퍼졌구나 싶었다.

“이럴 줄 알았으면 치유사에서 현자로 승화되었다는 사실을 알리고 나서 네르달로 왔을 텐데…… 눈에 띄는 걸 피하려고 했던 게 오히려 화근이 되었습니다.”

《루시엘은 이목을 끄는 걸 좋아하질 않으니…….》

“교황님께 민폐를 끼쳐서 송구합니다. 설마 성속성 이외의 마법을 공부하려고 네르달로 떠나자마자 그런 소문이 생겨날 정도로 원한을 샀을 줄은 몰랐습니다.”

《본녀 역시 이리될 줄은 몰랐다. 그래서 성과는 거뒀느냐?》

“예. 아직 완성하지는 못했습니다만, 소문을 흘린 자들한테 큰 창피를 안겨줄 수는 있을 겁니다. 아직 어중간하긴 하지만, 소문을 일축하지 않으면 불온분자가 생겨나 암약할 수도 있으니까요.”

《그 말은 즉, 곧 돌아오겠다는 말이더냐?》

“예. 더구나 곳곳에 마족이 출현하여 흉흉한 분위기가 돌고 있지 않습니까. 저도 소문을 듣고서 귀를 의심했습니다. 교황님께서 얼마나 인자하신지 잘 알지만, 성 슈를 공화국과 교회 본부가 위기에 빠졌을 때는 연락을 주셨으면 했습니다.”

나는 최대한 목소리가 밝게 들리도록 염화(念話)했다.
《장기 휴가를 써서 마법 훈련을 하고자 네르달에 갔는데 도중에 불러들이기가 미안해서 그랬노라.》
목소리가 아까와 달랐다. 교황님께서 흘러넘치는 기쁨을 주체하지 못하는 것처럼 느껴졌다.
"사안이 사안이니 별수 없지요. 마술사 길드장인 올포드 씨한테 보고하고 나서 귀환하도록 하겠습니다."
《잘 부탁하노라.》
"옙."
그 말을 끝으로 나는 통신을 끊었다.
통신을 끝마치자 때마침 나디아와 리디아가 은자의 관에서 나왔다.
아마도 동시에 깨어난 듯하다.
그만큼 우애가 깊은 건지, 아니면 용신과 정령이 때에 맞춰서 깨운 건지. 아무튼 잘됐다.
"무사히 깨어나서 다행이야."
"루시엘 님, 무사하셨군요."
"좋은 냄새가 납니다."
나디아는 쌍룡과 만났을 때 정신이 다른 곳으로 끌려갔고, 리디아는 쌍룡을 쓰러뜨렸을 때 물건에 압사당할 뻔했다. 보아하니 둘 다 문제가 없는 듯하다.
"두 사람의 얘기를 듣고 싶긴 하지만, 그 전에 중요한 일이 생졌어.”

나는 방금 교황님과 나눴던 대화 내용과 소문을 들려줬다.

“그래서 네르달 산책은 다음 기회로 미뤄야 할 것 같아. 한 번 더 올 기회를 반드시 만들 테니 양해해줬으면 좋겠어.”

“사정이 그렇다면 어쩔 수 없죠.”

“또 데리고 와주겠다고 약속해주셨으니 이번에는 참을게요. 그보다도 루시엘 님…… 배가 고파요.”

리디아가 얼굴을 붉히며 부끄러운 듯 말했다. 자연스레 웃음이 지어지는 걸 느끼면서 식사를 하기로 했다.

조리 중인 냄비를 마법 주머니에 넣고서 교대하듯 만든 요리들을 꺼내나갔다.

그리고 이번에는 두 사람의 이야기를 들었다.

나디아는 용신과 만나서 용신의 무녀라는 칭호에 걸맞게 용을 권속으로 부릴 수 있게 됐는지 직업이 용마사(龍魔士)로 바뀌었다고 한다.

그리고 리디아는 정령왕의 가호에 부끄럽지 않게 대정령 소환을 익힌 모양이다.

“다만, 용을 권속으로 삼으려면 먼저 굴복시켜야 하는 듯합니다.”

게임에서 자주 등장하는 테이머와 비슷한 직업이겠지.

“대정령 소환을 사용하려면 마력과 스킬 레벨이 부족해서 전 레벨을 올려야 할 것 같아요.”

둘 다 레벨이 그럭저럭 올랐는데도 아직 부족하다고 하는 걸 보니 새롭게 배운 기술의 위력 역시 장난이 아니겠지.

"새로운 힘을 그렇게 쉽게 사용할 수 있다면 누가 고생을 하겠어. 뭐, 각자 새로운 힘을 익혔으니 온전히 자신의 것이 될 수 있도록 노력하자."

""예.""

우리는 식사를 마치고 정화 마법으로 뒤처리를 끝내고서 올포드 씨가 있는 방으로 서둘러 향했다.

나와 리디아는 정령의 가호가 있어서인지 마술사 길드의 프리패스라도 가진 것처럼 막힘없이 나아갈 수가 있었다.

나디아는 접수처 옆에 있는 계단을 올라가려고 했을 때 한 번 보이지 않는 벽에 막힌 적이 있었다. 그러나 리디아와 손을 잡고서 지나가니 계단을 올라갈 수 있게 됐다.

올포드 씨의 방 앞에 도착하여 노크하니 안에서 목소리가 들렸다.

"누구신가?"

"루시엘입니다만. 시간을 잠시 내주실 수 있겠습니까?"

"……들어오게나."

"실례합니다."

올포드 씨가 조금 뜸을 들인 뒤 허락을 해줬다. 문을 열어봤더니 먼저 온 손님이 있는 듯했다.

"무슨 일인가?"

바람의 정령인지 올포드 씨인지 헷갈린다. 그러나 그보다도 먼저 온 손님이 누군지 모르기에 용건을 말하기가 조심스러웠다.

"먼저 온 손님이 계셨군요. 이따가 다시 오도록 하겠습니다."

"다급한 일이 생겨서 여기까지 애써 온 게 아닌가?"

어쨌든 다른 사람이 없을 때 대화를 나누고 싶었기에 나중에 다시 오기로 마음먹었는데, 올포드 씨와 대면하고 있던 남자가 의자에서 일어나 이쪽을 돌아보며 입을 열었다.

"제가 있어서 그렇군요. S급 치유사 루시엘 님…… 아니, 이제 치유사가 아니지요? 그럼 지금은 그냥 루시엘 공이라고 불러야 하나요?"

그 목소리의 주인은 남성인 듯했다. 그러나 가면에 가려져 있어서 얼굴을 볼 수가 없었다.

남자의 말투로 보아 단순히 나를 아는 것뿐만 아니라 일면식도 있는 듯했다.

그리고 그 이상으로 증오심이 느껴지는 듯했다.

혹시 저 남자도 치유사인가? 아니면 딱히 원한을 살 만한 짓은 하지 않았지만, 일마시아 제국이라면…….

나는 바로 자세를 고치고서 상대가 어디에서 온 누구인지 파악해보기로 했다.

"제 직업이 더는 치유사가 아닌 건 사실이지만, 애당초 S급 치유사는 치유사 길드가 선정한 것으로 칭호 같은 겁니다. 그보다도 내 지인 중에 가면을 쓴 채로 얼굴을 내보이지 않는 사람은 없을 텐데, 당신은 누구십니까?"

"이쪽은 루브르크 왕국에서 새로 온 연구자일세. 이름이 뭐라고 했지?"

언쟁을 벌일 것처럼 보였는지 올포드 씨가 쿠션 역할을 다해줬다.

아마도 바람의 정령은 아닌 듯하다.

"……인연이란 정말이지 잔혹하군요. 당신한테 무언가 당한 적은 없건만 그런데도 밉다는 생각이 드니……. 전 이에니스에서 당신의 선택을 받지 못했던 가련한 노예였습니다."

가면남은 자신의 잘못을 인정하고서 그렇게 말했다. 역시나 가면남은 본 적이 없다. 그런데 이에니스에서 내가 내건 조건을 거절했던 유일한 노예가 떠올랐다.

"이에니스에서 노예……? 혹시 그때……."

"딱 한 번밖에 만나지 않았는데 기억하시나 보군요……. 그럼 정식으로 인사하죠. 전 루브르크 왕국에서 새로이 남작 작위를 받은 맥심 폰 위즈덤입니다."

루브르크 왕국의 귀족이 된 건가……. 아니, 그때도 분명 노예로 전락하기 전에 귀족 자제였다고 들었던 것 같다. 내가 복수를 포기하면 꺼내주겠다고 했더니 거절했었지. 그래도 나를 미워하는 이유를 모르겠다.

"……이유를 모르겠군. 왜 날 증오하지?"

"한때 이 세계의 최고의 치유사였던 당신이라면 이 모습도 치유해줄 수 있지 않을까 멋대로 기대했었지요."

맥심이 가면을 벗자 예리한 무언가에 화상을 입은 것처럼 문드러진 얼굴이 드러났다.

그런데 그뿐만이 아니었다. 두르고 있던 로브를 벗자 몸에서 사악한 기운이 새어 나왔다.

"……그게 뭐지?"

"저주의 각인이라더군요. 당신과 헤어진 뒤에 일마시아 제국이 인체실험이랍시고 제 몸을 가지고 놀았고, 체내에 마석까지 박아 넣었습니다. 격통 때문에 기절했는데, 죽은 줄로 착각했는지 정신을 차려보니 시체 무더기 속에 있었습니다."

"그걸 치료할 수 있는 자가 루브르크 왕국에는 없었다?"

"예. 루브르크 왕국뿐만 아니라 이 세계에 없는 것 같더군요. 마석을 어떻게든 적출하긴 했지만, 몸에서 사악한 기운이 새어 나오는 것으로 보아 마족에 가까운 존재가 된 거겠지요. 그래서 인류 최고의 성속성 마법사인 당신이라면 가능하리라 기대하고서 성 슈를 교회에 매달리고 싶었건만……."

마침 내가 부재중이었다…….

증오하는 상대임에도 자신의 몸을 치유할 가능성이 있는 유일한 인물인 나에게 기대를 걸 수밖에 없었겠지. 나를 증오하는 그 이유가 부조리하긴 하지만.

일마시아 제국을 증오하는 마음이 너무 강해서 부정적인 감정이 한계를 돌파한 모양이다. 그래서 세계를 증오하게 되었는지도 모르겠다.

그리고 가눌 길 없는 분노를 방금 태도로 드러낸 거겠지.

그렇게 생각하니 오히려 감정을 용케도 억누르고 있구나 싶었다.

그 마음을 조금이나마 알기에 이번만은 그를 구해주기로 했다.

그때 구해주지 못해서 저렇게 변해버렸다는 생각에 내 마음도 찝찝해졌다.

호운 선생님이 이끌어준 인연으로 그와 재회하게 되었다고 믿기로 하자…….

"흐음. 위즈덤 경이 뭔가 착각하신 듯하군요. 전 여전히 성속성 마법을 사용할 수 있습니다."

"뭐라고?"

비통과 원한이 뒤섞인 표정을 짓고 있던 그의 움직임이 멈춰버렸다.

"저는 치유사 직업을 잃은 게 아니라 현자로 직업이 바뀐 겁니다. 물론 성속성 마법도 문제없이…… 정확히는 더욱 강력해졌지요."

"그, 그렇다면 이 몸이 나을 가능성은?"

애수에 찬 표정을 지으면서 검은 아우라를 풍기던 그가 당황한 듯했다.

"뭐, 치료할 수 있는지 없는지는 중요하지 않습니다. 당신이 언데드라면 즉사하겠지만, 살아 있다면 반드시 구해내도록 하죠."

나는 그렇게 말하고서 고개를 힘껏 끄덕였다.

"대가, 대가로 뭐든지 지불하겠습니다. 일마시아 제국을 향한 원한은 평생 지울 수 없을 테지만, 복수하지 말라면 그렇게 하죠. 제발, 제발 치료해주십시오."

그토록 고집했던 복수를 그만두겠다니, 무슨 일이 있었던 걸까?

다만 서약은 해둬야지.

이렇게 갑작스레 태도를 바꾸다니, 치료받기를 간절히 원했던 듯하다.

"그럼 서약해주세요. 치료를 받는 대가로 당신은 알고 있는 모든 정보를 알려줘야 하고, 날 평생 적대해서는 안 됩니다."

"……그건 국가 기밀도 포함되는 겁니까?"

"성 슈를 공화국 및 나와 관련이 없다면 상관없지만, 일마시아 제국의 배후에 도사리고 있는 어둠에 관한 정보는 전부 들어야겠습니다."

"그렇다면 서약하겠습니다. 나 맥심 폰 위즈덤은 치료를 받는 대가로 알고 있는 정보를 남김없이 알려주고, 평생 루시엘 님께 적대하지 않을 것을 맹세합니다."

말을 끝마치자 빛이 맥심에게 쏟아졌다.

"조금 아플 수도 있습니다. 정신을 꽉 붙들고 있도록 해요."

나는 디스펠, 리커버, 퓨리피케이션, 생추어리 서클, 엑스트라 힐 순으로 마법을 발동해나갔다. 마지막으로 퓨리피케이션을 한 번 더 발동했다.

처음에 맥심은 고통을 견디는 듯한 얼굴이었다. 그러나 생추어

리 서클을 발동할 즈음에는 이미 고통을 느끼지 않는 듯했다.
그러나 그때 문제가 벌어졌다.
내가 만약을 위해 엑스트라 힐을 발동한 순간 그가 균형을 잃고서 쓰러졌다.
그리고 양쪽 팔과 왼쪽 다리, 그리고 눈알이 잇달아 바닥에 떨어졌다.
의수와 의족, 의안이었다.
그가 경악한 얼굴로 부들부들 떨기 시작했다.
그는 새롭게 재생된 본인의 팔과 다리를 매만지면서 원래대로 되돌아온 그 눈으로 눈물을 흘렸다.
그리고 정화 마법으로 오염을 지워내고서 치료를 끝마쳤다.
"치료는 끝났습니다. 애썼습니다."
그는 차마 나오지 않는 감정을 표현하고자 한쪽 무릎을 꿇고서 기도를 바치는 자세를 취했다.
그 순간 이에니스에서 라이오넬과 드란도 치료를 받고서 똑같은 행동을 했던 기억이 되살아났다.
"올포드 씨, 실은 지상으로 한 번 귀환하겠다고 말씀을 드리려 방문했습니다만, 그전에 그의 이야기를 청취해도 되겠습니까?"
"호오? 오오, 물론일세. 이 방을 사용하면 되겠구먼."
그리하여 나는 일마시아 제국이 벌이고 있는 연구에 관한 정보를 수집했다.

19 불온한 소문과 성 슈를 공화국으로의 귀환

그와 이에니스에서 만난 게 벌써 2년 전이라니…….

시간이 그리 오래 지나지 않았는데도 맥심 경에게서 풍기는 분위기가 딴 사람처럼 달라졌다.

당시 그는 귀족으로서의 긍지를 갖고 있었다. 왠지 풋내가 나긴 하지만 정의감이 넘치는 청년이라는 인상을 받았었다.

전쟁에 패배하여 노예로 전락했고 일마시아 제국을 향한 복수심에 사로잡히게 되었지만, 그런데도 사고방식이 어설펐다.

지금은 잘 벼려진 칼처럼 날카로운 분위기를 풍기고 있어서 인상이 공격적으로 느껴졌다.

지옥을 한 번 경험하여 어설펐던 면모를 털어낸 것인지, 아니면…….

뭐, 어쨌든 남자의 얼굴을 빤히 쳐다보는 취미는 없으므로 그가 가진 정보를 조사하여 향후 어떻게 움직일지 판단하기로 했다.

"우선 내가 신벌을 받아 치유사 직업을 상실했다는 소문은 어디서 들었습니까?"

"루브르크 왕국입니다. 대략 보름쯤 전부터 그런 소문이 퍼졌지요. 저는 귀족들의 모임에서 처음 들었습니다. 당시에도 이미 귀족들은 대부분 아는 눈치였습니다. 어디서 비롯되었는지는 저도 모릅니다."

보름……. 아니, 귀족들은 이미 알고 있었다 했으니 실상은 훨씬 전이겠네.

그러나 이 정보는 단순한 소문이었을 터.

누군가가 긍정하지 않는 한 소문에 불과할 테니 퍼지더라도 신빙성이 없어서 금세 사그라졌을 터.

"위즈덤 경도 처음부터 그 소문을 믿었습니까?"

"예. 실은 소문이 퍼진 직후에 우리 루브르크 왕국은 그 정보가 사실인지 아닌지 성 슈를 공화국과 치유사 길드 쪽에 질의서를 보냈습니다만, 답변이 전혀 없었습니다."

"……그래서 이상하다고 생각했다?"

위즈덤 경은 고개를 끄덕이고서 소문을 믿게 된 이유를 순서대로 설명해줬다.

"아시다시피 루브르크 왕국은 제국과의 전쟁이 장기화하여 루시엘 님의 파견을 여러 번 요청했었습니다."

처음 듣는 소리였다. 어차피 전쟁에 개입할 생각이 없으니 알아도 거절했을 테지만.

"……저는 처음 듣습니다만?"

"뭐, 교회도 수십 년 만에 나온 S급 치유사를 전쟁터로 내보내고 싶지는 않았겠죠. 그래서 여러 이유로 번번이 거절당했습니다. 그런 상황에서 그 소문이 퍼지기 시작하자 실은 S급 치유사가 존재하지 않는 게 아니냐는 말이 들리기 시작했습니다."

"그랬군요. 아니 땐 굴뚝에서 연기는 나지 않는 법이니까요. 하지만 그래도…….”

“예. 전 당신을 만난 적이 있기에 의심할 일은 없었습니다. 하지만 치유사 길드는 이 소문을 지우려고 기를 썼지요.”

왜 그런 짓을 벌였던 걸까?

그런 짓을 벌이면……. 아니, 혹시 음모인가? 누군가가 유도…… 혹은 선동했는지도 모르겠네.

“그 바람에 소문이 사실처럼 굳어졌다?”

“예. 적어도 다른 사람들은 신빙성이 높다고 판단했습니다.”

지금까지는 그의 이야기에 모순이 없다.

그렇다면 역시 스승님과 라이오넬이 위험하겠네……. 폭주한다는 의미에서.

나는 심호흡을 한 번 하고 나서 마음을 다잡은 뒤 화제도 바꾸었다.

“다음은 일마시아 제국에서 벌이는 인체 실험에 관해 듣고 싶습니다. 무슨 목적으로 체내에 마석을 박아 넣은 건지 압니까?”

“제 경우에는 마석을 체내에 박아서 마력량을 끌어올리는 실험이었습니다. 정화된 마석을 사용한 것 같은데, 몸이 마석과 잘 맞지 않았는지 몸에서 사악한 기운이 나왔습니다. 누군가가 실패라고 했던 말을 얼핏 들었던 듯합니다.”

그건 마족을 만들어내는 실험을 벌였다고밖에 볼 수가 없다. 아니면 강화 인간이라도 만들려고 했던 걸까…….

“제국에 갇혀 있었을 때 마족의 힘을 끌어내려는 실험이나 사람을 마족으로 바꿔버리는 마도구 개발에 관해 들어본 적은?"
"없습니다. 마족 얘기는 분명 나왔지만, 마족을 섬멸하는 게 목적이었다고 들었습니다. 물론 마족을 본 적도 없었습니다."
"섬멸? 마족과 결탁한 게 아니고?"
"그건 아닐 겁니다. 만약에 마족이 출현했다면 대적할 수가 없으니 진즉에 나라가 멸망했을 겁니다."
그는 웃으면서 자학적으로 말했다. 그러나 그 말은 나를 혼란에 빠뜨리기에 충분했다.
이게 무슨 소리지? 아까 서약했으니 거짓말일 수는 없다. 그러나 과연 이 정보가 정확하다고 할 수 있나?
분명 나는 일마시아 제국에 좋은 이미지를 갖고 있지 않다.
라이오넬 일도 그렇고, 비밀리에 이에니스를 무너뜨리려고 했고, 전쟁을 걸기도 했고, 약점을 잡아 노예로 삼은 뒤에 시장에 공급하기도 했으니까.
그런데 생각해보니 라이오넬도 제국 귀족 출신이었지.
어쩌면 전귀 장군을 잃고서 실은 제국이 상당히 약해진 게 아닐는지…….
그렇게 생각하니 무언가가 갑자기 이어진 듯한 느낌이 들었다.
예전에 가짜 라이오넬이 제국에 있다는 이야기를 들은 적이 있었다.
"위즈덤 경은 전귀 장군과 만난 적이 있습니까?"
"……있지요. 제 몸에 마석을 박아 넣었던 장본인이니까."

아마도 아직 가짜가 있는 모양이다. 그 때문에 라이오넬의 악명이 높아져서 호된 꼴을 당할 우려가 있다.

"……이에니스에서 내가 산 노예 중에 다리가 불편했던 자가 있었는데, 기억합니까?"

위즈덤 경이 잠시 생각하다가 이내 고개를 끄덕였다.

"그 노인 말씀이지요? 기억합니다. 마치 아버지처럼 제게 말을 걸어주곤 하셨지요."

노인……. 뭐, 처음 만났을 때의 라이오넬은 기력을 잃은 노인처럼 보이기는 했지.

나는 그 당시가 떠올라 웃음을 터뜨릴 뻔했다. 현재 젊음을 되찾은 그를 본다면 위즈덤 경은 어떻게 생각할지 상상하면서 진실을 들려주기로 했다.

"그 사람이 바로 전귀 장군으로 명성을 떨쳤던 라이오넬입니다. 현재는 내 수행원으로서 이에니스에 있으니 제국에 있는 자는 가짜겠죠."

"이럴 수가! 그 남자는 분명 라이오넬 장군이라고 불렸고, 옛날에 한 번 전장에서 얼굴을 본 적이 있는데……."

위즈덤 경이 혼란스러워했다. 나는 이야기를 듣고 있는 올포드 씨에게 부탁했다.

"올포드 씨, 느닷없이 죄송합니다만, 제 모습으로 변신해주겠습니까?"

"……음. 알겠네."

올포드 씨가 혼합 마법인 변신 마법으로 내 모습으로 변했다.
“이러면 되는가?”
닮았다고 해야 할까, 겉모습이 완전히 나였다.
“감사합니다……. 자기 자신이 한 명 더 있다고 생각하니 신기한 느낌이네요. 그 마법은 누구든 사용할 수 있을까요?”
“서로 반발하는 수속성과 화속성을 혼합할 수 있는 고위 마법사라면 얼마든지. 다만 혼합 마법은 사용하는 동안에 마력이 소비되니 오랜 시간 유지하기는 어려울걸?”
“참고로 다른 사람한테 걸 수도 있습니까?”
“가능하긴…… 하네만, 상당한 수준의 이미지 구축 능력이 필요하고, 속성 마법과 마력 제어의 스킬 레벨이 높아야만 하네.”
그렇다. 라이오넬이 있다는 증거가 목격담뿐이라면 어떻게든 존재를 조작할 수가 있다.
“그렇군요. 그럼 위즈덤 경, 어떻습니까?”
“……믿기지 않습니다. 하지만 그게 사실이라면…… 그때 곧바로 철가면을 쓴 이유는.”
아마도 짐작 가는 바가 있는 듯하네.
그나저나 그렇게까지 용의주도하다면 진짜 라이오넬에게도 감시를 붙였을지 모른다. 그러나 스승님이나 라이오넬이 감시를 알아차리지 못하는 것도 부자연스럽긴 하지.
내가 성속성 마법을 사용할 수 없게 됐다는 정보를 유포한 인물도 그 가짜의 동료일까? 머리를 싸쥐고 있는 위즈덤 경에게 진짜 라이오넬이 어떤 인물인지 내 나름의 시점에서 설명하기로 했다.

"라이오넬은 전투가 벌어지면 동료를 지키기 위해 싸웁니다. 그래서 언제나 선두에서 전투에 임하는데, 속임수나 계략을 좋아하지 않는 진정한 무인이라고 생각합니다."

"……그 사람이 진짜 라이오넬? 그렇다면 그 남자는 대체?"

"가짜라는 뜻이겠죠."

"……빌어먹을."

머리로는 이해했더라도 실제로 실험을 당한 적이 있기에 라이오넬과 만난다면 틀림없이 증오의 감정을 쏟아내겠지.

그가 얼마나 혼란스러울지 생각하면서 나 역시 제국이 마족과 관계가 있다는 것을 전제로 행동해왔기에 제국을 자세히 조사하기로 마음먹었다.

듣고 싶은 것을 다 들었기에 미래를 위해 협력 관계를 맺어두기로 했다.

"그나저나 위즈덤 경은 네르달에 체류하실 겁니까?"

"처음에는 그럴 예정이었습니다만, 저는 몸을 치료할 단서를 찾고자 여기에 온 거라서……."

"그럼?"

"예, 목적이 이뤄졌으니 이곳에 체류할 이유가 없어졌습니다."

"만난 건 우연이긴 했지만, 잘됐군요."

"예. 루시엘 님께는 감사한 마음뿐입니다. 앞으로 무슨 생이 생기거든 미력이나마 최선을 다해 협력하도록 하겠습니다."

고뇌했던 기색은 온데간데없이 그가 다시 웃고 있었다.

"감사합니다. 루브르크 왕국으로 돌아가거든 내가 치유사 직업을 상실한 게 아니라 현자로 승화됐다고 최대한 퍼트려주십시오."

"예. 그 소문은 루시엘 님을 궁지에 몰기 위한 계략이었다고 전하겠습니다. 제 몸을 보면 금세 믿어줄 겁니다."

그는 그렇게 말하고서 또 웃었다.

그 뒤에 올포드 씨에게 바로 지상으로 돌아가고 싶다고 말했더니 전송 마법진이 있는 방까지 배웅해줬다.

"그럼 루시엘 공, 세 사람을 교회로 전송하겠네."

"수고를 끼치게 해서 죄송합니다만, 잘 부탁합니다."

"음. 맡겨두게나. 다만…… 혹시 내게 줄 거 없는가~?"

올포드가 씨가 뭘 원하는지 금세 알았다.

"받으시죠."

나는 벌꿀병을 꺼내면서 다른 병도 함께 꺼냈다.

"두 병이나 주는 건가?"

"아쉽지만 다른 병에는 물체X가 담겨 있습니다. 혹시 마물이 접근해온다면 한 번 먹여보세요. 먹이기만 하면 적룡도 쓰러뜨릴 수 있다고요."

"……일단 받아두기는 하겠네."

그 뒤에 올포드 씨와 마통옥으로 연락을 주고받기 위해서 마력을 교환했다. 위즈덤 경과는 언젠가 지상 어딘가에서 다시 만날 것을 약속했다.

"그럼 루시엘 공, 다음에 오게 되면 나와도 벌꿀주로 건배하세."
"예. 신세 많이 졌습니다."
"나디아 군과 리디아 군. 그대들도 마법을 추구할 마음이 있다면 이곳을 또 방문하도록 하게나."
"예. 다음에 올 기회가 생긴다면 네르달을 꼭 안내해주세요."
"속성 마법도 정령 마법만큼 구사할 수 있도록 노력할게요."
두 사람이 말하자 네르달에 처음 왔을 때도 봤던 활짝 웃는 호호 영감님이 그 자리에 있었다.
"그럼 위즈덤 경."
"루시엘 님이 현자의 경지에 이르렀다는 사실을 반드시 전하도록 하겠습니다."
올포드 씨가 마법진에 마력을 불어넣었다. 마법진이 빛을 발한 순간 그 빛이 우리를 삼켜버렸다.
그리하여 길고도 짧았던 약 4개월 동안의 네르달 생활이 끝을 맞이했다.

번외편 블로드의 갈등과 루시엘에 관한 소문

네르달로 가기 위해 여행을 나선 루시엘을 배웅하는 블로드의 뒷모습에서 초조함이 느껴졌다.

실은 애제자의 힘이 되어주고 싶었지만, 레벨과 스킬을 잃어버린 자신은 걸림돌에 불과하다는 걸 그 누구보다도 잘 안다.

조금이라도 빨리 강해지고 싶다는 욕구에 사로잡혀 있지만, 길드 마스터로서의 책무가 용납하지를 않았다.

모험가였던 시절에는 매일 토벌 의뢰를 수행하거나, 전투 훈련에 매진했기 때문에 몸을 쉴 새가 없었다. 그래도 자유로웠고 충실감도 느낄 수 있었다.

블로드와 동료들은 각자 목적은 달랐지만, 모두 실력 있는 모험가가 되자고 언제나 의식하고 있었다. 절차탁마하며 모험가로서의 재능과 센스를 갈고닦았다.

그리고 모험가로서의 실력과 경험을 순조롭게 쌓아나갔고, 문득 정신을 차려보니 자타가 공인하는 탑 모험가가 되어 있었다.

그러던 어느 날, 그에게 분기점이 될 만한 이야기가 날아들었다.

현역 탑 모험가로서 길드 마스터로 취임하지 않겠느냐는 의사타진.

매년 모험가의 사망률이 증가해가는 추세였기에 사망률을 조금이라도 낮추기 위해서 모험가 길드 본부가 내놓은 방안이 그것이었다.

현역 탑 모험가가 지도한다면 지도받는 쪽의 실력이 향상될 테고, 위험한 의뢰에도 동행케 할 수 있으니 사망률을 낮출 수 있으리라 내다본 것이다.

그리고 그 희생양으로 뽑힌 사람이 바로 블로드였다.

그러나 블로드는 타진을 받자마자 거절했다.

"난 분명 탑 모험가인지도 모르지만, 어디까지나 목표는 최강이 되는 거다. 그런데 어째서 남들을 지키라는 거냐. 게다가 우리가 길드 마스터가 된다고 해서 그 기대대로 될 거라고 꼭 장담할 수는 없지."

물론 모험가 길드 본부도 바로 수락하리라 기대하지 않았기에 꾸준히 설득했다.

더욱이 본부는 블로드뿐만 아니라 다른 탑 모험가들에게도 동시에 의사를 타진했다.

그 결과, 본부의 요청에 응한 실력 있는 현역 모험가 길드 마스터가 각지에 탄생했다.

그러나 그것은 악수(惡手)였다. 탑 모험가가 길드 마스터로 취임했는데도 사망률은 떨어지지 않고 오히려 상승했다. 의뢰 달성률이 떨어진 지부가 속출하는 사태가 벌어졌다.

명선수가 반드시 명감독이 되는 게 아닌 것처럼 모험가로서 우수했던 그들이 길드 마스터로서도 동일한 성과를 낼 수 있으리라는 법도 없었다.

블로드의 귀에도 당연히 그 소식이 들렸다.

그가 전부터 우려했던 대로였다. 그러나 한편으로는 견실한 노력으로 현재 지위에까지 올라간 자신이라면 후진을 이끌 수도 있지 않을까, 하는 생각을 하게 됐다.

그리고 최초 타진으로부터 2년이 지난 뒤 동료들과 함께 용을 죽이는 데 성공한 블로드는 후진을 육성하고자 모험가 길드 마스터가 되기로 결심했다. 그러나 이때 예기치 않은 사태에 직면하게 된다.

마물이 강해서 큰돈이 오가는 모험가 길드에는 공석이 없고, 약한 마물밖에 나오지 않는 성 슈를 공화국의 모험가 길드에만 자리가 있다는 것이었다.

길드 본부도 어떻게든 자리를 마련하려고 했으나 그들이 먼저 맡아달라고 요청한 것도 있어서 아직 길드 마스터들을 통제하지 못하는 상황이었다.

탑 모험가가 약한 마물밖에 나오지 않는 성 슈를 공화국의 모험가 길드 마스터가 된다. 당연히 소득이 적은 자리를 맡을 리가 없다고 길드 본부는 예상했다. 그러나 블로드는 후진을 육성하는 데 힘을 쏟기로 했기에 그대로 승낙하여 멜라토니 지부의 모험가 길드 마스터가 됐다.

블로드는 모험가 길드 마스터가 되고서 하루를 어떻게 편하게 살아갈지만 고민하거나, 대우를 받기 위해 실력이 없는데도 모험가 랭크만을 올리고 싶어 하는 의욕도 뜻도 없는 모험가가 많다는 사실을 알았다.

그런 모험가들의 의식을 개혁하고자 훈련장에서 전투 훈련을 벌이고 조언을 하는 나날을 보냈다. 그러나 결국 향상심이 있는 자들만이 그 가르침을 받아들였다.

그래도 블로드는 실망하지 않고 의욕이 있는 모험가가 성장하여 멜라토니 지부를 떠나 큰물에서 활약할 수 있도록 계속 지원했다. 그 결과 사망률이 떨어지고, 의뢰 달성률이 급상승했다.

모험가 길드 본부는 유능한 블로드를 고전을 겪고 있는 지부로 이동시키려고 생각했으나 블로드는 수락하지 않았다.

그 이유는 모험가 길드 마스터의 시간을 구속하는 책상 업무 때문이었다.

지부를 옮긴다면 그만큼 의뢰 건수가 늘어나 책상 업무 시간이 늘어날 것임을 알고 있었기 때문이다.

스트레스만 안겨주는 책상 업무를 줄여서 자기 단련과 모험가들의 실력을 향상시키기 위해 시간을 사용하고 싶었다.

그랬건만.

현재 모험가 길드를 몇 개월 비웠을 뿐인데 블로드가 처리해야만 하는 서류가 산더미처럼 쌓이고 말았다.

그 산더미를 본 블로드는 그루가와 가르바를 길드 마스터실로 불렀다.

"이봐, 가르바, 그루가. 너희들은 서브 마스터의 권한이 있으니 이 산더미를 처리할 수가 있잖나."

"블로드, 저렇게 보여도 형님이 꽤 처리해서 그나마 저 정도인 거야. 저것들은 광산이 사라졌다가 다시 출현한 사건과 관련하여 보고서를 써달라는 재촉과 그란돌에서 보낸 연락들뿐이야."

"우린 그란돌에서 무슨 일이 벌어졌는지 모르니 멋대로 작성할 수는 없단 말이지."

블로드는 가르바와 그루가의 말을 듣고서 서류를 살펴봤다. 그 말대로 블로드가 직접 처리해야만 하는 서류들뿐이었다.

"쳇, 조금이라도 빨리 힘을 되찾고 싶건만……. 이제 길드 마스터를 그만둬야 하나."

너무나도 자기 편의만 생각하는 말이었다. 그러나 가르바와 그루가는 익숙하다는 듯이 블로드를 의자에 앉혔다.

"불평을 토로하는 건 자유지만, 그 시간에 손을 놀리는 편이 더 효율적이야."

"본격적으로 단련하려면 내 요리에 의지해야 한다는 것도 잊지 말라고."

"아~, 젠장! 알겠다고. 하면 되잖나. 다 처리해주지."

"그래야 블로드지. 근데 보고가 있는데 어쩔 건가?"

"뭐야? 저거 말고도 내가 처리해야만 하는 게 또 있나?"

블로드가 언짢은 얼굴로 가르바를 올려다봤다. 그러나 가르바는 고개를 조용히 가로저었다.

"위험한지 아닌지 아직 모르니 정보를 조금만 더 수집하고 나서 보고하지."

"그래."
그리하여 블로드는 책상 업무에 힘을 쏟으면서 물체X 원액을 하루에 다섯 번 있는 끼니마다 마셨다.
그리고 한 달쯤 지났을 즈음에 블로드는 매일 올라오는 서류만 처리하면 될 정도로 여유로워졌다. 그때 가르바가 보고를 했다.
"일마시아 제국과 블랑주 공국에서 벌어진 집단기억상실, 그리고 각지에서 마족이 출현했다는 보고가 올라온 모양이야."
그 보고를 받고서 블로드의 뇌리에서 사신의 모습이 스쳤다. 그러나 이내 그 가능성을 부정했다.
마왕이라면 그런 번거로운 짓을 벌이지 않을 거라고 판단해서였다.
"집단기억상실? 암속성 마법을 연구하다가 실패라도 했나? 허나 그보다도 마족이라고?"
"응. 다만 출현은 확인됐지만, 전투가 벌어졌던 흔적이 없고, 또 소문도 나돌지 않는 게 마음에 걸리는군."
마물과 달리 마족은 머리가 잘 돌아갈 뿐만 아니라 마력과 사악한 기운으로 강화되어 있는지 강인하다. 그리고 마법도 잘 다룬다.
레벨과 스킬을 잃기 전이었다면 블로드는 솔선하여 마족을 찾으러 나섰을 테지만, 지금은 반격을 당할 확률이 높다.
"마족이라……. 대처할 수 있는 사람은 너랑 그루가 정도인가."
"성 슈를 교회 본부에 가서 협력자를 찾아볼까?"

"아니, 그보다도 내가 레벨을 올리는 편이 더 낫겠지."
"혹시……."
"그래, 지금부터 동남쪽 숲까지 가서 마물을 사냥하여 레벨을 올리고 오마."
"혼자서? 역시 그걸 허락할 수는……?!"
"부탁한다."
가르바가 허락하지 않으리라 블로드도 예상했다. 그러나 끝내 거절당한다면 길드 마스터를 정말로 그만둘 각오로 블로드는 고개를 숙였다.
"하아~, 레벨이 어느 수준에 이를 때까지는 나 아니면 그루가가 호위하도록 할게."
"역시 가르바다."
"뭐, 길드 마스터가 약해진 영향으로 이상한 일이 벌어지기라도 하면 곤란하니."
그리하여 블로드는 잃어버렸던 힘을 되찾고자 마물을 찾으면서 단련을 계속해나갔다. 그런 와중에 루시엘이 신벌을 받았다는 소문이 퍼졌다는 소리를 들은 블로드는 소문의 출처를 찾아보라고 지시를 내렸다.
그리고 블로드는 가르바가 파악해온 정보를 바탕으로 소문의 출처를 특정한 뒤 가르바와 함께 그곳으로 향했다.

저자 후기

「성자무쌍」 9권을 구매해주신 독자 여러분, 늘 신세를 지고 있습니다. 요즘에 꿈을 자주 꾸는 브로콜리 라이온입니다.

꿈의 내용은 다양합니다만 깨어나면 잊어버리는 꿈과 선명하게 떠오르는 꿈이 있습니다.

기억이 나는 꿈은 언젠가 어떻게든 써먹을 수 있지 않을까 싶어서 메모해두긴 합니다. 그런데 기억이 나질 않는 꿈의 내용이 늘 신경이 쓰입니다.

그런 꿈의 내용을 한데 엮어낸 이야기를 언젠가 집필한다면 재밌을지 모르겠습니다.

요즘에 그런 망상을 하곤 합니다.

원체 성격이 그런지 평소에도 자주 망상이나 상상을 합니다. 감사하게도(?) 이야기의 아이디어가 번뜩이는 경우도 제법 많습니다.

그러나 생각을 문장으로 꾸며내는 일이 아주 어려운지라 어떻게 해야 잘 전달할 수 있을지 고민하다 보면 번뜩임의 신선도가 떨어지는 경우가 자주 있습니다.

번뜩임의 신선도가 떨어지면 머릿속에 그렸던 내용이 점점 바뀌게 됩니다. 그래서 이야기에 모순이 생겨버린 적이 왕왕 있습니다. 써먹지 못하게 된 아이디어들은 메모장에 남겨지게 되고,

메모장은 자꾸자꾸 어지러워집니다.

그래서 언젠가 각성하여 쌓인 메모들을 활용하는 날이 오기를 늘 망상하고 있습니다.

자, 이런 내용의 후기를 쓴 이유 말입니다만, 이번에도 초고를 담당 편집자 I 씨에게 제출했더니 늘 그래왔듯 교정과 검열을 거친 원고가 되돌아왔습니다.

오탈자 및 잘못된 표기 등을 지적하는 붉은 표시가 아주 많았습니다. 새삼스럽지만 담당 편집자 I 씨를 비롯해 교정 및 검열해주시는 분들이 있기에 이 이야기가 성립되는 것이라고 감사 인사를 하고 싶었습니다.

물론 그 밖에도 출판 과정에 관여해주시는 여러 관계자분, 늘 아름답고도 부드러움이 느껴지는 일러스트를 그려주시는 sime 님, 문장을 바탕으로 캐릭터들이 생생하게 살아 숨 쉬는 만화판을 그려주시는 아키카제 선생님께도 감사드립니다.

민폐를 또 끼치게 되겠지만, 성심성의껏 노력할 테니 앞으로도 잘 부탁드립니다.

마지막으로 응원해주시는 여러분들이 있기에 이 작품은 출간될 수 있었습니다. 그 응원에 부응할 수 있도록 열심히 할 테니 앞으로도 「성자무쌍」을 잘 부탁드리겠습니다.

성자무쌍 9

2023년 1월 15일 1판 1쇄 발행

저 자 브로콜리 라이온
일러스트 sime
옮 긴 이 박춘상
발 행 인 유재옥
본 부 장 조병권
편집 1 팀 김준균 김혜연 박소연
편집 2 팀 박치우 정영길 정지원 조찬희
편집 3 팀 오준영 이해빈
라이츠담당 김정미 맹미영 이윤서 이승희
디 지 털 김지연 박상섭 유영준
미 술 김보라 박민솔
발 행 처 ㈜소미미디어
인쇄제작처 ㈜코리아피엔피
등 록 제2015-000008호
주 소 서울시 마포구 토정로222, 403호 (신수동, 한국출판콘텐츠센터)
판 매 ㈜소미미디어
마 케 팅 박종욱
영 업 최원석 한민지
물 류 백철기 허석용
전 화 (02)567-3388, Fax (02)322-7665

ISBN 979-11-384-3545-1 04830
ISBN 979-11-6190-387-3 (세트)